Elke Naters

Mau Mau

Roman

Deutscher Taschenbuch Verlag

Von Elke Naters
sind im Deutschen Taschenbuch Verlag erschienen:
G. L. A. M. (20603)
Königinnen (20635)

Ungekürzte Ausgabe
Mai 2004
Deutscher Taschenbuch Verlag GmbH & Co. KG,
München
www.dtv.de
© 2002 Verlag Kiepenheuer & Witsch, Köln
Umschlagkonzept: Balk & Brumshagen
Umschlaggestaltung: Catherine Collin unter Verwendung
einer Fotografie von © Mauritius / Ypps
Satz: Greiner & Reichel, Köln
Druck und Bindung: Druckerei C. H. Beck, Nördlingen
Gedruckt auf säurefreiem, chlorfrei gebleichtem Papier
Printed in Germany · ISBN 3-423-13196-9

I

Susanne ist groß, größer noch als Mika, die auch schon sehr groß ist. Beide sind größer als ich. Obwohl Susanne größer als Mika ist, erscheint sie kleiner oder zumindest gleich groß. Während Mika sich mehr als gerade hält und dabei alles herausreckt und streckt, den Busen, den Hintern, den Kopf und das Kinn, Mika reckt und streckt sich einem förmlich entgegen, rollt Susanne sich zusammen. Susanne zieht die Schultern hoch und macht den Rücken krumm, den Kopf trägt sie mehr nach unten als nach oben. Sie schaut beim Laufen auf den Boden, deshalb kommt es häufig vor, daß sie einen nicht sieht und vorbeiläuft.

Mikas Kopf ist immer nach oben gereckt und sie dreht ihn ständig hin und her, nach rechts und links, damit ihr nichts entgeht. Nichts entgeht Mikas Blikken, ihr Kopf ist ein einziger Dreh- und Schwenkkopf, immer in Bewegung, wie auch Mika immer in Bewegung ist, selbst wenn sie sitzt und ruht ist immer etwas in Bewegung, der Kopf, die Augen – der Mund steht nie still, die Hände fuchteln in der Luft, wenn sie spricht, oder klopfen ungeduldig auf den Tisch, wenn ein anderer spricht. Mika kann nicht zuhören. Wenn andere sprechen, fällt sie ihnen ins Wort.

Müßte Mika sich entscheiden, auf welches Sinnesorgan sie am ehesten verzichten könnte, so würde sie sich ohne zu zögern für die Ohren entscheiden. Nichts braucht sie so wenig wie zwei Ohren, weil sie nie zuhört. Nur Gespräche anderer Leute, die sie nichts angehen, interessieren sie. Da spitzt sie die Ohren, wo sie nichts hören soll.

Man kann sicher sein, daß Mika immer alles hört, was sie nicht hören soll, und nichts von dem, was man zu ihr sagt. Eine Unterhaltung mit ihr ist unmöglich.

Für mich unmöglich, aber nicht für Susanne, der Mika immer zuhört. Susanne ist der einzige Mensch, dem Mika zuhört. Genausowenig wie sie mir zuhört, hört sie Frank und Carsten und allen anderen zu, aber immer Susanne.

Das liegt vielleicht daran, wie Susanne spricht. Susanne spricht so leise, daß man ihr zuhören muß, um sie zu verstehen. Dabei schaut sie an sich hinunter, auf den Tisch oder an einem vorbei. Sie beginnt zu sprechen und zunächst weiß man gar nicht, mit wem sie spricht, und dann schaut sie einem plötzlich in die Augen, mit einer Intensität und einem festen Blick, den man ihr nie zugetraut hätte.

Auf diesen Blick wartet man, wenn Susanne zu sprechen beginnt, und deshalb hört man ihr zu, weil man will, daß sie einen derart ansieht, sie, die immer an einem vorbei und auf den Boden schaut. An diesem Blick erkennt man Susanne, die in ihrer ganzen Haltung eine trügerische Zurückhaltung ausdrückt, die man auch für Schüchternheit halten könnte.

Auch wenn man selbst spricht, ist man sich nie sicher, ob sie zuhört, oder ob sie das Gesagte langweilt oder interessiert, weil sie an einem vorbeisieht, wie sie es macht, wenn sie selbst spricht; und dann sieht sie einen plötzlich an und man ist überrascht von dem Interesse und der Aufmerksamkeit in ihrem Blick, die man nicht für möglich gehalten hätte, wenn man sie nicht kennt.

Während Susannes Blick aufmerksam und anteilnehmend ist, sind Mikas Augen aufmerksam und kalt. Mika sucht den Blick, um ihn zu brechen. Ich habe ihren Blick noch nie ausgehalten, immer war ich diejenige, die ihre Augen abwenden mußte.

Mika ist eine Herausforderung, zu der mir oft die Kraft fehlt. Sie fordert eine ständige Schlagfertigkeit und Wachheit, die mir den Umgang mit ihr oft unerträglich machen. Nicht die kleinste Begegnung mit Mika verläuft beiläufig.

Die einzige, die das gleichgültig läßt und an der das alles abgleitet, ist Susanne. Da Mika immer Schnelligkeit, Wachheit und Aufmerksamkeit voraussetzt und herausfordert, hat sie bei Susanne nicht die geringste Chance, weil Susanne mit ihrer ganzen Haltung das genau Entgegengesetzte nach außen trägt.

Damit stellt Susanne, zumindest nach außen hin, nicht die geringste Konkurrenz und Angriffsfläche für Mika dar. Im Gegenteil, Mika muß sich um Susanne bemühen, um ihre Aufmerksamkeit zu erhalten. So wie sich jeder um Susanne bemühen muß und das auch tut. Und nur deshalb kann Susanne Mika ertragen, weil sie nicht ständig Kämpfe mit ihr ausführen muß, sondern weil ihr das als einziger erspart bleibt.

Alle bemühen sich darum, Susanne aufzuwärmen und aufzulockern und aus der Reserve zu locken, weil Susanne dann, wenn sie auftaut, von einem derartigen Witz und Charme ist, daß alle auf dem Boden liegen. Auch Mika liegt ihr dann zu Füßen und bewundert sie mit einer Offenheit, die mich immer wieder verblüfft, weil sie sich nicht im geringsten in den Eindruck fügt, den sie bei mir hinterläßt. Susanne ist der einzige Mensch, bei dem Mika sich entspannen und ihre Waffen hinlegen kann.

Es hatte am dritten Tag zu regnen begonnen und es regnete ohne Unterlaß. Wir lagen in unseren Zimmern oder saßen im Restaurant, wo es langsam durch das Dach hindurchzuregnen begann. Mir machte der Regen nichts aus. Es war angenehm kühl, die

Luft roch frisch und ich konnte mich bei geöffneten Läden und Fenstern in meinem Zimmer aufhalten, ohne daß es zu heiß wurde, und auf das graue Meer hinausschauen. Ich schob das Eisenbett in die Mitte des Zimmers, so daß ich vom Bett aus das Meer sehen konnte.

Bisher schlief ich wegen der Moskitos bei geschlossenen Läden, aber Mika hatte mir ein Moskitonetz geschenkt – sie hatten zwei und brauchten nur eins, wie sie alles doppelt und vierfach dabei hatten –, und ich genoß es unter dem Moskitonetz im Bett zu liegen und in den Sternenhimmel zu sehen. Ich hörte dem Regen zu, wie er auf das Dach rauschte, dem Meer, und genoß es auf meinem Zimmer bleiben zu können, weil alle auf ihren Zimmern waren, und mich nicht den Gruppenunternehmungen anschließen zu müssen – oder, nicht besser – ausschließen, um im Bett zu liegen und zu lesen, dem Rauschen zuzuhören und in den Himmel zu sehen. Ich hatte in all den Jahren nie mit offenen Fenstern geschlafen und beim Einschlafen in den Himmel gesehen, wie ich es jetzt jede Nacht tat.

Je mehr meine Laune stieg, desto mehr sank die Laune der anderen. Anstatt über den Regen zu schimpfen, erfanden sie ständig neue Gründe, die sie um ihre dringende Erholung brachten. Auf den Kissen konnten sie nicht schlafen, weil sie zu hart waren. Die Decken waren unhygienisch und die Laken nicht aus reiner Baumwolle, wie Mika wissen wollte, die von jedem Synthetikgewebe Ausschlag bekam, so hatte sie auch von den Laken einen Ausschlag auf dem Rücken bekommen, der so gräßlich sei, daß sie ihn niemandem zeigen wollte.

Susanne beschwerte sich, daß sie das ständige Tropfen und Rauschen des Regens um den Schlaf brachte, während Mika gerade jetzt, wo es ständig kalt auf einen hinuntertropfte, auf eine heiße Dusche nicht mehr verzichten wollte.

Sie mieteten ein Auto und kauften Bikinis, Decken und Kissen und ein garantiert baumwollenes Laken für Mika. Am nächsten Tag fuhren sie los um die Gegend zu erkunden und nach einer neuen Unterkunft zu suchen; mit einer heißen Dusche, Nächten, in denen man schlafen konnte, und Tagen, an denen die Sonne schien.

Wie zu erwarten, hatten sie nichts gefunden, waren aber von ihrer Aktivität erfüllt und guter Laune. Am nächsten Tag schien die Sonne und alles war wieder gut. Die Mädchen legten sich in ihren neuen Bikinis den ganzen Tag an den Strand. Von Mikas Ausschlag war nichts mehr zu sehen. Am Abend waren sie braungebrannt und guter Laune.

Die Männer fügten sich gleichgültig den Launen der Mädchen, sie schienen immer zufrieden, waren aber auch bereit, im Sinne der Mädchen unzufrieden zu sein. Ihnen war alles recht.

Ich war erstaunt, Mika und Susanne in Bikinis in der Sonne liegen zu sehen, da sie sich bisher geweigert hatten, ihre Kleidung am Strand abzulegen. Sie saßen angezogen im Schatten und schlüpften nur zum Schwimmen in Badeanzüge, die sie danach sofort wieder auszogen. Nach dem Schwimmen gingen sie zum Umziehen und Duschen auf ihre Zimmer. Jedes Schwimmengehen nutzten sie dazu, sich umzuziehen.

Sie sagten, sie würden sich mit ihren Körpern auf keinen Fall ausziehen und sie bräuchten einen privaten Sonnenstrand, nur für sich, damit keiner ihre Körper zu sehen bekam. An ihren Körpern war natürlich nicht das geringste auszusetzen.

Ich begann mich in meinem Bikini unwohl zu fühlen, wenn ich so nackt neben ihnen am Strand lag. Ich dachte, daß es nicht richtig war, daß ich keine Hemmungen hatte meinen Körper bloßzulegen und den Blicken freizugeben, der nicht schlanker oder vollkommener war als der ihre.

Um so mehr war ich erstaunt, als sie mit ihren Bikinis herumwedelten und ohne jede Scham am Strand lagen und sogar herumspazierten oder Ball spielten. Die Bikinis waren winzig und bedeckten nur das Allernötigste, was sie überhaupt nicht zu kümmern schien, genauso wenig, wie ihre Körper den Blicken anderer auszusetzen. Im Gegenteil, es schien ihnen Freude zu machen, wenn Frank und Carsten hinter ihnen herpfiffen. Dann streckten sie ihre Hintern heraus, wedelten mit den Armen in der Luft, machten ein paar Tanzschritte und drehten sich im Kreis.

Die Mädchen beneideten mich um meine Bräune und jetzt war das Thema nicht mehr Körper, sondern Bräune. Wie sich herausstellte, hatten sie mich von Anfang an um meine Bräune beneidet und sich deshalb auch nicht ausziehen wollen und hatten schließlich eingesehen, daß man nur braun wurde, wenn man sich auszog und in die Sonne legte, und das machten sie jetzt.

Nachdem sie mich verunsichert und fast vom Strand vertrieben hatten, zogen sie sich aus und legten sich in die Sonne, als hätten sie nie etwas anderes gewollt. Am Abend saßen sie beide in weißen Kleidern im Restaurant und verglichen ihre Bräune.

Mit der Bräune kam für sie die sichtbare Erholung. Mit zunehmender Bräune wurden sie zunehmend zufrieden und erholt und schliefen besser und brauchten sogar keine heiße Dusche mehr, da warmes Wasser die Haut nur aufweichte, was nicht gut für die Bräune war, während kaltes Wasser bewirkte, daß die Haut sich zusammenzog, was gut für die Haut war, die dadurch fest blieb.

Das erklärte Mika Susanne, worauf Susanne nickte und meinte, das wüßte sie schon lange. Sie würde nie anders als kalt duschen, auch wenn sie heißes Wasser zur Verfügung hätte. Es gäbe nichts, was die

Haut so frisch und jung hielt, wie kaltes Wasser. Das könnte man mit keiner Creme der Welt erreichen, was eine tägliche kalte Dusche bewirkt.

Sie duschten jetzt auch nicht mehr nach jedem Schwimmen und zogen sich danach auf ihren Zimmern um. Sie zogen ihre Bikinis gar nicht mehr aus. Sie nutzten jede Sonnenminute.

Nach dem Schwimmen legten sie sich naß in die Sonne, da das Wasser auf der Haut die Bräunung noch beschleunigte, und sie verließen den Strand erst, nachdem die Sonne untergegangen war.

So verhielten sie sich auch in anderen Dingen. Ich schwamm jeden Tag eine halbe Stunde. Die Mädchen plätscherten nur ein wenig im Wasser oder ließen sich auf dem Rücken treiben. Wenn ich nach dem Schwimmen aus dem Wasser kam und mich zu ihnen in den Sand legte, unterhielten sie sich jedesmal darüber, wie abstoßend und verachtenswert es sei Sport zu treiben, und daß sie schon immer gegen Sport waren und noch nie in ihrem Leben Sport getrieben hätten und schon ihre Mütter nichts davon gehalten und sie deshalb vom Schwimmunterricht befreit hätten.

Ich fühlte mich dann immer verpflichtet zu versichern, daß ich nur aus Spaß und reiner Freude an der Bewegung schwimmen würde. Jedesmal nachdem ich geschwommen war, begannen sie mit diesem Gerede.

Nachdem die Mädchen die Bikinis gekauft hatten, fingen sie an Sport zu treiben. Sie kauften einen Ball und warfen ihn sich im tiefen Wasser zu. Um nicht unterzugehen, mußten sie ständig mit den Beinen strampeln. Davon versprachen sie sich eine Kräftigung der Oberschenkel- und Pomuskulatur. Dann warfen sie den Ball weit hinaus ins Meer und schwammen um die Wette, ihn wiederzuholen. So wurde das Strandprogramm zunehmend sportlich.

Diese Energie ging wieder einmal von Mika aus, die tatsächlich ein – wenn auch winziges – Oberschenkelproblem hatte, das sie auch auf Susanne übertrug, deren Beine tadellos waren. Ihr Figurproblem dagegen lag – soweit man in ihrem Fall überhaupt davon sprechen konnte – mehr im Bauchbereich, wofür Mika allerdings kein Trainingsprogramm entworfen hatte, da ihr Bauch tadellos war und keines Trainings bedurfte.

Susanne machte selbstverständlich und mit Freude alles mit, was Mika vorschlug. Mika mußte nur rufen »Auf, Susanne, baden!« und Susanne sprang auf und rannte hinter Mika her ins Wasser und stürzte sich auf den Ball, den Mika weit ins Meer hinausschleuderte. Mika stand am Strand, klatschte in die Hände und rief »los, Susanne, Frank, Carsten, Ball spielen, baden gehen«, was die anderen immer sofort mit großem Einsatz und Gelärme befolgten. Nie ging einer unbemerkt und alleine ins Wasser, immer warfen sie sich mit Geschrei hinein, zu zweit, zu dritt oder zu viert.

Alles, was sie taten, taten sie immer so, daß es von allen bemerkt wurde. Keinem am Strand konnte ihre Strandaktivität entgehen. Es war unmöglich, sie nicht wahrzunehmen, wenn sie sich mit Gebrüll ins Wasser schmissen oder mit lautem Gekreische Reiterkämpfe abhielten oder Bockspringen am Strand. Auch im Restaurant blieben sie nie unbemerkt; wenn sie Karten spielten, dann auch nie ohne lautes Gelächter und Geschrei.

Ich lag schon im Bett, als es an der Tür klopfte.

Mika rief durch die geschlossene Tür, daß sie Karten spielten, unten im Restaurant und ob ich auch käme in einer halben Stunde.

Ich hatte mich in meinem Bett aufgesetzt, in der Erwartung, sie würde zur Tür hereinkommen. Ich saß auf dem Bett und starrte auf die Tür, aber sie kam nicht herein.

»Wir treffen uns in einer halben Stunde« hatte sie mir zugerufen und ich hatte sofort »jaja ich komme« zurückgerufen, obwohl ich das gar nicht wollte.

Ich hatte nicht einmal darüber nachgedacht. Wie ertappt saß ich aufrecht auf meinem Bett, die Füße auf dem Boden, und sah auf die Tür. Noch im selben Moment, als ich »jaja ich komme« antwortete, war mir klar, daß ich das auf keinen Fall wollte. Es war sogar so, daß ich dachte, um nichts in der Welt neh-me ich an diesem Kartenspiel teil, während mein Mund die Zustimmung aussprach.

Wir kennen uns durchaus so gut, daß Mika jeder-zeit in mein Zimmer hineinkommen kann. Sie ist bereits bei anderen Gelegenheiten in mein Zimmer gegangen, als wäre es das ihre. Sie kam meistens, weil sie etwas von mir haben wollte. Lieh sie sich etwas von mir aus, fragte sie nie, ob sie das leihen könnte oder ob ich es noch benötigte oder, wenn es ein Buch war, ob ich gerade darin las. Sie nahm es mit dersel-ben Selbstverständlichkeit an sich, wie sie ihre an mich verliehenen Gegenstände zurücknahm, und sagte nur »ich nehm das mit«. Das war keine Frage, sondern eine Feststellung, die keinen Widerspruch zuließ.

Sie hätte auch klopfen können und warten, bis ich an die Tür kam, aber genau das wollte sie nicht. Noch bevor ich die Möglichkeit hatte, an die Tür zu kom-men, hatte sie ihr Angebot schon ausgesprochen und gleichzeitig klargemacht, daß sie mich nicht sehen wollte.

Das ist schon eine Leistung, dachte ich, mir ein Zugeständnis zu machen und gleichzeitig derartig verletzend und unverschämt zu sein.

Mika war so schnell weg, wie sie gekommen war. Ich hatte kurz daran gedacht zur Tür zu laufen und ihr ein ›NEIN‹ hinterherzuschreien, ich hatte das ›nein‹ sogar sofort dem ›jaja ich komme‹ hinterhergeschoben, auf meinem Bett sitzend, aber ich wußte, daß sie es nicht mehr gehört hatte und wenn, dann nicht hören wollte.

Nach vierzig Minuten stand ich auf, wusch mir das Gesicht, bürstete meine Haare und ging hinunter. Da saßen sie und spielten Karten. Sie hatten nicht auf mich gewartet. Ich mußte mich in ein Kartenspiel hineindrängen, zu dem ich gar keine Lust hatte.

Niemand schaut mich an, nur Susanne kurz, weil Mika vor ihr eine Acht gelegt hat und sie deshalb aussetzen muß. Sie sieht mich freundlich an und spielt weiter.

»Nimm dir doch einen Stuhl und setz dich« sagt Carsten zu mir.

Fast alle Stühle sind besetzt und es dauert eine Weile, bis ich einen freien finde. Die Stühle sind sperrig und schwer und ich habe große Schwierigkeiten, den Stuhl durch den schmalen Gang zwischen den Tischen zu schleppen.

Die Leute, die an den anderen Tischen sitzen und essen oder trinken und sich unterhalten, müssen auf ihren schweren Stühlen zur Seite rücken, um mich vorbeizulassen. Es gibt ein lautes, unangenehmes Geräusch, wenn die Stuhlbeine über den Steinboden schleifen.

Ich stoße mir einen Zeh an und eine leere Bierflasche um.

Die Flasche zerbricht auf dem Steinboden. Der Kellner kommt und fegt die Scherben weg. Er kniet vor mir auf dem Boden und ich muß stehenbleiben und ihm zusehen, wie er die Scherben zusammenfegt. Ich entschuldige mich. Der Kellner lacht nur, kippt die Scherben in einen Eimer, nimmt den Stuhl und trägt ihn an den Tisch. Ich laufe hinter ihm her, bedanke mich und bestelle ein Bier.

Mir läuft der Schweiß herunter. Es ist heiß und der Ventilator an der Decke ist nicht eingeschaltet. Als der Kellner mir ein Carlsberg bringt, bitte ich ihn den Ventilator einzuschalten. »Yes, very hot« sagt er und grinst.

Carsten hat bereits die Karten gegeben, auch vor mir liegt ein Häuflein. Susanne lächelt mich an. »Es ist heiß geworden« sagt sie, und bevor ich ihr etwas antworten kann sagt Mika »Susanne fängt an«, und Susanne legt die erste Karte. Erst jetzt fällt mir auf, daß Frank fehlt.

»Wo ist Frank?« frage ich Mika, als Antwort auf ihr »Dubistdran«.

Mika nimmt vier Karten, weil ich auf Susannes Sieben eine weitere Sieben gelegt habe und Mika, wie es scheint, keine Sieben hat, die sie drauflegen kann, damit Carsten sechs Karten ziehen muß, falls er keine Sieben hat.

Mein Zeh, den ich mir bei dem Geschleppe angestoßen habe, schmerzt und blutet. Ich deute auf meinen Fuß und sage »den muß ich erst verarzten«, da steht Mika auf und sagt »warte ich hol dir was« und geht. Das Blut tropft auf den Boden.

»Mika war einmal Krankenschwester« sagt Carsten, »die kann keine Wunde unversorgt lassen.«

Alle lachen, weil Mika das Gegenteil einer Krankenschwester ist, wenn es so etwas gibt.

Was stimmt, ist, daß Mika großzügig und hilfsbereit ist. Spricht man nur die Andeutung eines Wunsches oder eines Verlangens aus, springt Mika auf, um ihm nachzukommen, soweit es ihr ohne viele Mühe möglich ist.

Wenn ich beiläufig erwähne, daß ich mir gerne die Haare waschen würde, aber mein Shampoo ausgegangen ist, steht Mika kurz darauf in meinem Zimmer, um mir ihr Shampoo zu leihen, das vom Besten ist, versteht sich. Alles, was Mika, aber auch die anderen besitzen, ist immer nur vom Besten.

Mika wäscht sich nicht einfach mit irgendeinem Shampoo die Haare. So ist das auch mit den Cremes und dem Nagellack und dem Lippenstift und mit allem, bis auf das Klopapier. Sogar ihr Nagellackentferner ist nicht irgendein Nagellackentferner.

Ich schäme mich jedesmal, wenn Mika in mein Bad hineinläuft, um sich ihr Shampoo oder ihren Nagellack oder ihren Nagellackentferner zurückzuholen, und dort meine Kosmetik herumliegen sieht – und Mika sieht sich alles ganz genau an. So wie sie sich jedesmal neugierig umschaut, wenn sie in mein Zimmer kommt. Sie schaut mit gleichgültiger Neugier auf meine Unordnung, und ich bin mir sicher, daß ihr dabei nichts entgeht.

Inzwischen räume ich mein Zimmer jeden Tag so auf, daß es Mikas Überfälle übersteht. Die wenigen guten Kleidungsstücke hänge ich so auf, daß man sie sehen kann, während ich die anderen in den Koffer packe. Auch die billige Kosmetik habe ich aus dem Bad herausgeräumt und nur das Nötigste liegen lassen. Meine Zahnpasta, Zahnbürste, Seife und eine Creme.

Das geht sogar so weit, daß ich mir neue Anschaffungen im Hinblick darauf auswähle, daß Mika sie bei mir herumliegen sehen könnte. Hätte ich sonst irgendein Shampoo gekauft, kaufe ich jetzt eines, das vor Mikas Blicken bestehen kann.

Mikas und Franks Zimmer war die wenigen Male, als ich es betreten habe, immer aufgeräumt. Das Zimmer war nicht nur aufgeräumt, sondern sah auch im höchsten Maße gemütlich und wohnlich aus.

Obwohl mein Zimmer von der Ausstattung identisch ist, kommen mir die Zimmer der anderen immer hübscher und heller vor. Auch wenn mein Zimmer aufgeräumt und sauber ist, sieht es immer nach einem billigen Hotelzimmer aus, in dem ich meine Sachen verstaut habe, während es bei den anderen einen besonderen Charme hat. Sie wissen ihre Sachen so zu verstauen, daß das Zimmer dadurch wohnlich und gemütlich wird und die Einfachheit der Ausstattung das Ihre dazutut, während mein Zimmer immer ein schäbiges Hotelzimmer bleibt.

Alles, was ich unternehme, um mein Zimmer genauso wohnlich und gemütlich zu machen, bleibt ohne Erfolg. Selbst die Blumen, die die Mädchen von ihren Ausflügen mitbringen, ändern nichts daran. Mein Zimmer bleibt ein schäbiges Hotelzimmer mit einem Blumenstrauß darin.

Dabei ist mein Zimmer das schönste, weil es im Gegensatz zu den anderen auf das Meer hinausgeht und einen kleinen Austritt hat, mit einem schmiedeeisernen Gitter davor, wo die anderen Zimmer nur ein Fenster zum Garten hin haben.

Die anderen hatten mich anfangs um meinen Meeresblick beneidet, aber schnell gemerkt, welchen Vorteil ihre Zimmer bieten und daß sie eigentlich die besseren sind.

Mein Zimmer geht nach Süden hinaus, während ihre Zimmer nach Norden liegen. Ich muß den ganzen Tag die schweren Läden geschlossen halten, sitze folglich im Dunkeln und habe wenig von meinem

Meerblick, während die anderen ihre Fenster offenstehen lassen und die Vögel hören und das Grillenzirpen und sie ein leichter kühler Wind umweht, der nach Sommergräsern riecht.

Mein Zimmer heizt sich trotz der geschlossenen Läden so unerträglich auf, daß es mir an heißen Tagen unmöglich ist, mich tagsüber darin aufzuhalten, während die anderen in ihren kühlen grünen Zimmern mittags träge auf den Betten liegen.

Ich sitze dann im Schatten unter Bäumen und nehme mir vor im nächsten Jahr und überhaupt nur noch ein Zimmer zum Garten hinaus zu reservieren.

Die Zimmer der anderen sind nicht nur immer aufgeräumt, es liegt auch nichts herum, für das sie sich schämen müßten. Sogar die Socken und die Handtücher sind vom Feinsten. Auch bei Susanne und Carsten ist das so.

Dafür beneideten mich die Mädchen um die kleinen Dinge, die ich hier im Ort gekauft hatte. Einen karierten Stoffhut oder eine silberne Halskette, sogar um Haarspangen und eine kleine Bürste. Sie wollten alles unbedingt sofort auch haben und baten mich mehrmals, mit ihnen in die Stadt zu fahren, um ihnen zu zeigen, wo sie das gleiche kaufen konnten.

Diese Einkäufe waren die einzigen gemeinsamen Unternehmungen, zu denen mich die Mädchen aufforderten. Meistens fuhren sie zum Einkaufen in die Stadt, ohne mich zu fragen, ob ich mitkommen wollte. Sie kamen mit Tüten zurück, voll von Sachen, die sie gekauft hatten, immer das gleiche, manchmal in verschiedenen Farben. Selten kaufte die eine etwas, was die andere nicht kaufte.

Um diese Dinge begann ich sie zu beneiden, auch wenn ich vorher nie daran gedacht hatte, derartige Dinge zu besitzen. An manchen war ich sogar schon etliche Male vorbeigelaufen, ohne das geringste Bedürfnis, sie zu kaufen. Aber sobald ich sie an den Mädchen sah, schien es mir unmöglich, ohne diese Dinge auszukommen.

Ich verhielt mich immer gleichgültig, wenn sie stolz ihre Einkäufe auspackten und vorführten. Genauso beiläufig fragte ich, wo sie dies und das gekauft hätten, mit dem Vorsatz, bei der nächsten Gelegenheit unbemerkt das gleiche zu kaufen.

Um so mehr freute ich mich über ihr Interesse an meinen Dingen und ging gerne mit ihnen in die Geschäfte, damit sie dort das gleiche kaufen konnten, worauf wir zu dritt mit karierten Sonnenhüten herumliefen.

Meinen Sonnenhut vergaß ich wenige Tage später am Strand, wo ihn in der Nacht die Flut wegspülte. Es war unmöglich ihn wiederzubekommen, weil die Mädchen die letzten karierten Sonnenhüte auf der Insel gekauft hatten.

Während Mika auf ihrem Zimmer ist, um das Pflaster für mich zu holen, spielen wir ohne sie weiter. Es ist wie immer, wenn Mika nicht dabei ist, eine sofort viel entspanntere Situation.

Carsten macht sich Sorgen um meinen Zeh, aber ich beruhige ihn. »Ist schlimmer, als es aussieht« sage ich, Susanne lacht.

Carsten, der nie seine Schmerzen zeigt, ist besonders anteilnehmend an dem Befinden der anderen. Carsten ist immer fröhlich und gut gelaunt. Während die anderen in den vergangenen Tagen die eine oder andere Laune vor sich hergetragen haben, habe ich Carsten nie anders als vergnügt gesehen. Obwohl er sich einen Zeh gebrochen hat und die Schulter verrenkt.

Während sich Susanne, die mit Carsten das Zimmer teilt, jeden Morgen beschwerte, sie habe schlecht geschlafen und ohne ausreichenden Schlaf könne sie sich nicht erholen, und Mika darauf sagte, sie könne sich ohne eine warme Dusche nicht erholen, und die beiden sich darüber ereiferten, wie notwendig ausreichender und tiefer Schlaf als auch eine warme Dusche für die Erholung seien, verlor Carsten nie ein Wort – und wenn, dann nur im Scherz – über seine schmerzvollen und schlaflosen Nächte. Davon weiß ich nur, weil Susanne sich beklagte, daß sie nicht schlafen könne, weil Carsten die ganze Nacht vor Schmerzen wach lag.

Wir spielen das Spiel im Schnelldurchlauf, wer länger als eine Sekunde zögert muß den ganzen Stapel nehmen. Ich lege eine Pik Acht und Carsten legt eine andere Pikkarte auf meine Acht und Susanne und ich schreien, weil er das nicht hätte machen dürfen, sondern einmal aussetzen muß. Deshalb muß er jetzt den ganzen Stapel nehmen.

Carsten zuckt nur mit den Achseln und sagt »das ist doch nur menschlich«, worauf Susanne zu johlen beginnt und sich auf die Schenkel klopft, und Carsten hebt seine Arme und Susanne klatscht ihre Hände gegen seine Hände.

Es ist ein Ritual, jeden Tag eine bestimmte Begebenheit, einen besonders lustigen oder besonders dummen Satz, den jemand gesagt hat, aufzugreifen und den ganzen Tag über bei jeder sich bietenden Gelegenheit zu wiederholen und zu variieren, was jedesmal belacht und beklatscht wird, obwohl das nur die ersten Male lustig ist und sich schnell erschöpft, was zur Folge hat, daß noch lauter geklatscht und gelacht wird.

Diesen Satz hatten sie heute morgen beim Frühstück am Nachbartisch aufgeschnappt, was für sie aus irgendeinem Grund Anlaß für große Heiterkeit war.

Die beiden am Nachbartisch waren ein junges Paar aus Düsseldorf. Die vier zogen gleich am ersten Abend über sie her, so wie sie immer über alles und jeden herzogen. Sie machten sich mit Verachtung lustig über seine langen Haare und ihren badischen Singsang.

In diesem Gespräch am Frühstückstisch erzählte sie ihrem Freund von einer Frau, die sich immer größte Unverschämtheiten leistete, die sie, wenn man sie darauf hinwies, mit dem Satz ›das ist doch nur menschlich‹ entschuldigte.

Dieser Satz war also ein Zitat, wiedergegeben mit dem Wissen, daß man diesen Satz so nicht sagen kann, und deshalb hatte sie ihn auf übertriebene Weise ausgesprochen, die zeigen sollte, daß sie sich dessen bewußt war.

Die anderen, die das Gespräch nicht so genau verfolgt hatten wie ich, hatten nur diesen einen Satz in seiner absichtlichen Überbetonung herausgehört, ohne die Ironie begriffen zu haben. Dieser Satz war also schon als ein Witz ausgesprochen worden und sie hatten in ihrer Ignoranz einen lauwarmen Aufguß des Witzes der Menschen gemacht, die sie genau dadurch herabsetzen wollten.

Sie wiederholten also den ganzen Tag unwissend ihre eigene Dummheit, die durch die ewige Wiederholung, die der Spaßigkeit dieses Satzes nicht im geringsten angemessen war, noch mehr hervorgehoben wurde. Zudem hatte der Satz im Zusammenhang mit der ursprünglichen Geschichte weit mehr Witz als in der bloßen Wiederholung, die den einzigen Sinn hatte, sich über die Dummheit anderer lustig zu machen.

Frank war derjenige gewesen, der den Satz aus dem Gespräch aufgegriffen und an Carsten weitergegeben hatte. Frank und Carsten machten sich einen Spaß daraus diesen Satz alle fünf Minuten zu wiederholen, was die Mädchen anfangs ignorierten, sie dann aber doch neugierig machte, worauf Frank sie aufklärte und erzählte, wie er am Frühstückstisch von diesen ›dummen Menschen‹ diesen ›unglaublich dummen‹ Satz gehört hatte. Damit waren auch Mika und Susanne eingeweiht und ließen ebenfalls keine Gelegenheit aus ›das ist doch nur menschlich‹ zu sagen und sich auf die Schenkel zu klopfen und in die Hände zu klatschen.

Ich lächelte anfangs noch freundlich, aber mir verging zunehmend die Laune, und schließlich konnte ich nicht mehr an mich halten und begann meinen Unwillen zu zeigen und zu stöhnen und zu bitten damit aufzuhören. Sie ignorierten natürlich meine Bitte und stellten mich als Spaßverderberin hin, die einen guten Spaß nicht zu verstehen weiß.

Ich stöhne wieder und sage »bitte aufhören«, worauf mich Susanne ganz schuldbewußt ansieht und sagt ›das ist doch nur menschlich‹. Das Gegröle und Geklatsche geht wieder von vorne los und diesmal mache ich mit und hebe meine Arme und Susanne klatscht ihre Hände gegen meine Hände.

In diesem Moment kommt Mika zurück. Sie hat

sich umgezogen und neu frisiert, was man daran erkennt, daß sie eine andere Haarspange trägt. Sie legt eine große Tasche mitten auf den Tisch, wo die Karten liegen, und beendet somit unser Spiel. Die Tasche ist ihre Reiseapotheke und prall gefüllt mit Medikamenten. Ich bin mir sicher, es gibt keine Krankheit, für die Mika kein Medikament dabeihätte.

Mein Zeh hat inzwischen aufgehört zu bluten und auch der Schmerz ist erträglich geworden, ich hatte ihn sogar bei unserer lustigen Runde ganz vergessssen und jetzt erinnert mich nur noch ein dumpfes Klopfen an meine Verletzung. Es ist nicht mehr nötig ihn zu verarzten und obwohl es sehr hilfsbereit und freundlich von Mika war, ihren Verbandskoffer herunterzuholen, wünsche ich mir, sie wäre nicht mehr zurückgekommen, und meine Laune, die gerade dabei war zu steigen, begann sofort zu sinken, als Mika ihre Tasche auf den Tisch knallte und damit alles andere beendete.

Egal, was Mika macht und mit welcher Absicht sie es tut, alles hat nur den einen Sinn, alle Aufmerksamkeit auf sich zu ziehen. Mika unternimmt nichts, was nicht von allen bemerkt wird. Sie macht immer aus allem einen Auftritt. Mika wäre gerne Schauspielerin geworden, wahrscheinlich liegt es daran.

Ich nehme die Tasche vom Tisch und stelle sie neben Mikas Stuhl. »Danke« sage ich, »ist schon viel besser«, und Carsten sammelt die Karten ein und gibt sie neu aus.

Wir erklären Mika, daß wir ein Blitz MauMau spielen, das sehr viel lustiger ist, weil man nur eine Sekunde überlegen darf, sonst muß man den ganzen Stapel nehmen.

Mika sagt, sie will nicht mehr Karten spielen und wäre nur wieder heruntergekommen, um mir das Pflaster zu bringen. Frank würde schon schlafen und sie hätte Kopfschmerzen und würde sich auch hinlegen. Wir wünschen ihr eine gute Nacht und Carsten nimmt ihre Karten und legt sie unter den Stapel.

Mika geht, ohne ihre Reiseapotheke wieder mitzunehmen, mit ihrem forschen Gang, die Füße leicht nach außen gestellt und den Hintern herausgestreckt. Ich frage, wozu sie sich umgezogen hat, wenn sie gleich wieder ins Bett geht, und Carsten sagt »man kann nie wissen, was noch kommt«.

Ich denke ein wenig zu lange darüber nach, was dieser Satz bedeutet, ob Carsten ihn einfach so dahingesagt hat oder ob eine Vorhersage darin liegt, von der die anderen wissen und ich noch erfahren werde.

Susanne schreit »HA«, weil ich zu lange nachgedacht habe und darüber vergessen, eine Karte zu legen. Ich muß den Stapel nehmen, der noch klein ist, weil wir gerade erst mit dem Spiel begonnen haben. Susanne ist als erste fertig, sie hat gewonnen und wir haben keine Lust mehr weiterzuspielen.

Sonst ist es immer Mika, die das Spiel vorantreibt. Wenn alle schon lange keine Lust mehr haben Karten zu spielen, läßt sie es nicht zu aufzuhören, bis sie sich plötzlich, manchmal mitten im Spiel, verabschiedet, um ins Bett zu gehen.

Den anderen macht es nichts aus Mika zuliebe weiterzuspielen, obwohl sie müde sind, und nicht ins Bett zu gehen, weil Mika noch Karten spielen will, und daß SIE dann plötzlich aufsteht und geht, als wären es die anderen, die sie viel zu lange genötigt hätten Karten zu spielen.

Wenn Mika geht, folgt ihr Frank meist bald und ich bleibe mit Susanne und Carsten zurück. Genauso wie alles andere, was Mika tut, hat dieses frühe Zubettgehen die Absicht, ihre Stellung zu stärken und die der anderen zu schwächen. Sie könnte sich auch auf eine bescheidene und unauffällige Art zurückziehen. Aber wenn Mika geht, bleibt immer das Gefühl zurück, ihren Ansprüchen an einen amüsanten und unterhaltsamen Abend nicht genügt zu haben.

Nicht sie ist die Langweilerin, die keinen Abend aushält und immer zu früh ins Bett geht, sondern die anderen, weil sie so lange herumsitzen und nichts Besseres zu tun haben.

Alle Aktivitäten gehen von Mika aus. Sie bestimmt, was gespielt wird und ob der Abend fröhlich werden soll oder nicht. Jeder Versuch ein neues Kartenspiel, ein anderes Spiel als Mau Mau einzuführen, scheitert an Mika. Sie bestimmt auch, ob der Abend in Gesellichkeit verbracht wird oder nicht. Die anderen verhalten sich abwartend und fügen sich willig.

Wenn Mika gemeinsam zu Abend essen möchte und anschließend Karten spielen, dann wird das getan, und wenn nicht, bleiben alle auf ihren Zimmern und lesen. Das heißt, daß ich solche Abende alleine verbringe. Nie kommt es vor, daß Carsten und Susanne essen gehen, während Mika und Frank auf ihrem Zimmer bleiben. Genausowenig kommt es vor, daß Susanne den Wunsch äußert den Abend auf ihrem Zimmer zu verbringen, während Mika essen gehen will. Immer wird jeder Abend, wie jeder Tag, gemeinsam verbracht.

Wenn Mika schlechte Laune hat, ist die gesamte Stimmung gedrückt und alle bleiben auf den Zimmern. Ist Mika gut gelaunt, wird gefeiert.

Ein einziges Inszenieren von Fröhlichkeit und guter Laune, die bei jeder Gelegenheit festgehalten und dokumentiert wird, mit allen zur Verfügung stehenden Apparaten. Hunderte von Fotos werden nach Hause getragen, auf denen Mika und Susanne und Frank und Carsten, und manchmal auch ich, lachen und sich offensichtlich amüsieren. Von jedem Foto werden vier Abzüge gemacht, aus hundert Fotos werden vierhundert, die alle gutgelaunte junge Menschen zeigen. Diese Fotos haben den einzigen Zweck, den Zuhausegebliebenen zu zeigen, was für einen großartigen Spaß sie hatten und was sie, die Zuhausegebliebenen, verpaßt haben.

Die Abende werden regelrecht für die Fotos inszeniert. Da werden die Kameras eingepackt und dann wird für die Fotos zusammengerückt und gelacht und geprostet, wie den ganzen Abend nicht gelacht und geprostet wurde. Am Ende war der Abend ein lustiger, weil man den ganzen Abend für die Fotos gelacht hat.

Tagsüber ist das nicht anders. Die Kameras werden an den Strand gebracht und sofort kommen alle in Bewegung. Es werden Räder geschlagen, Reiterkämpfe im Wasser abgehalten und es wird auf Bäume geklettert.

Der Ventilator über uns dreht sich jetzt träge, wodurch ein leichter Luftzug entsteht, der kaum Kühlung verschafft. Mein Bier ist leer und ich möchte gerne ein neues bestellen.

Carsten rutscht auf seinem Stuhl hin und her. »Was ist los, Carsten, machst du schlapp?« fragt Susanne.

»Mir tut der Rücken weh, ich glaube, ich kann nicht mehr lange sitzen.«

Wenn Carsten sich verabschiedet oder von einer der Gruppenunternehmungen abmeldet, was sehr selten geschieht, sagt er immer, ich *glaube*, ich bin müde, oder ich *glaube*, ich gehe heute nicht in die Sonne.

»Ich glaube, ich trinke noch ein Bier« sage ich, und Susanne sagt »ich glaube, Carsten ist auch noch durstig«.

Sie winkt den Kellner heran und bestellt drei Bier. Carsten wehrt ab und steht auf. Ich habe ihn noch nie so entschlossen gesehen. Ich habe Carsten noch nie anders als freundlich und lachen gesehen, aber er lacht sofort wieder und sagt »gute Nacht ihr Süßen, bis morgen, in alter Frische«. Carsten geht und man sieht an seinem Gang, daß er Schmerzen hat und sich zusammennimmt.

Carsten ist groß und obwohl sein Körper breit und kräftig ist, erscheint er schmal und schwächlich. Carsten hat einen Körper, der gleichzeitig trainiert und degeneriert ist.

Er betreibt viel Aufwand mit seinem Körper. Der wird gecremt und gepflegt, jedes Körperhaar wird auf die gleiche kurze Länge gebracht, kein Haar wächst dort, wo es nicht wachsen soll; nur auf dem Kopf sollten die Haare wachsen und tun es nicht. Nicht mehr. Trotz seiner jungen Jahre hat er nahezu eine Halbglatze, was er gut zu verdecken weiß, indem er die verbliebenen Haare auf ein Minimum an Länge herunterschert.

Wie vielen Männern, die auf dem Kopf die Haare verlieren, wachsen ihm um so mehr Haare am restlichen Körper.

Alle fünf Tage packt Carsten seine Haarschneidemaschine aus und bringt alle Haare seines Körpers von der Zehe bis zum Scheitel auf eine Länge von vier Millimetern. Nur seine Achselhaare rasiert er ganz ab, was ungewöhnlich ist für einen Mann und den schwächlichen Eindruck seines Körpers unterstützt.

Weibisch ist das richtige Wort für Carstens Körper. Auch dort, wo er muskulös ist, ist er rund und weich. Trotz der reichlichen Körperbehaarung ist sein Körper mehr ein weiblicher als ein männlicher.

Seine Hüften sind für einen Mann ungewöhnlich breit und rund, seine Taille ist schmal, wie auch seine Schultern, während sein Brustkorb breit und muskulös ist und die Muskeln auf seiner Brust wirken wie kleine Brüste, weil sie so rund und weich sind. Auch seine Körperhaltung ist weiblich. Wenn er läuft, streckt er die Brust heraus und reckt das Kinn vor, und weil er ein Hohlkreuz hat, wird dadurch sein Hintern herausgedrückt.

Dabei nimmt er diese Haltung – wie er glaubt – als eine bewußt männliche ein. So wie er auch mit seiner Körperpflege und Rasur das Männliche seines Körpers besonders hervorbringen will und mit allem Bemühen aus seinem Körper einen besonders männlichen zu machen, das genaue Gegenteil erreicht.

Das macht ihn aber nicht lächerlich, sondern liebenswert, weil er seine Eitelkeit und sein Bemühen um Männlichkeit so offenlegt und kein Geheimnis darum macht, das Beste aus sich herauszuholen, daß es einem eher das Herz bricht, als daß man darüber lachen wollte.

Carsten pflegt seinen Körper nicht nur übermäßig, er kleidet ihn auch äußerst sorgfältig und teuer. Noch mehr als die Kleidung der anderen ist Cartens Kleidung ausschließlich vom Besten und Teuersten und er besitzt nicht eine Socke, die nicht vom Besten und Teuersten ist. Wenn man zu Carsten in die Wohnung kommt, sagt Susanne, wird man direkt erschlagen, vom Sofa bis zur Socke, immer nur das Beste und Teuerste. Carsten verdient unendlich viel Geld, das er sofort immer ausgibt für Socken, Sofas, Shampoo und alles, was dazugehört.

Carstens Koffer ist der größte, den ich je gesehen habe, und darin liegt für jeden Tag ein Handtuch, ein Paar Socken, eine Unterhose, ein Hemd oder T-Shirt und für jeden zweiten Tag eine Hose. Für einundzwanzig Reisetage trägt Carsten je einundzwanzig Paar Socken, Unterhosen, Hemden und T-Shirts und zehn Hosen mit sich. Fünf lange und fünf kurze. Dazu etliche Paar Schuhe, Mützen, Sonnenbrillen, Badehosen, zahlreiche Kosmetik- und Toilettenartikel, eine Haarschneidemaschine und ein Buch.

Carsten ist ordentlich bis zur Pedanterie. Schon am ersten Tag kaufte er ein ganzes Sortiment Reinigungsmittel, um selbst täglich das Bad zu putzen, was vom Personal nur einmal wöchentlich besorgt wird.

Jeden Morgen kommt Carsten in neuer Kleidung in das Restaurant hinunter, immer als letzter, wenn die anderen schon ihr Frühstück beendet haben und nur noch herumsitzen, um auf Carstens Auftritt zu warten, dreht sich vor ihrem Tisch, breitet die Arme aus und sagt »sehe ich nicht hübsch aus!«, worauf allgemeines Gepfeife und Gejohle ausbricht. Carsten tut dann so, als würde ihn das nichts angehen, legt sein Buch und seine Sonnenbrille auf den Tisch, setzt sich und bestellt drei Eier im Glas.

Wir haben unsere Biere ausgetrunken und auch das, was Susanne noch für Carsten bestellt hatte. Susanne sieht müde aus und ich bin es auch, aber ich bringe es nicht über mich, aufzustehen und ins Bett zu gehen. Genaugenommen bin ich auch nicht müde, nicht mehr, sondern hellwach und habe nicht die geringste Lust alleine und hellwach in meinem Zimmer zu liegen und auf den Schlaf zu warten.

Susanne sagt, sie sei auch noch nicht müde und immer noch durstig.

Das Lokal ist inzwischen leer bis auf unseren Tisch. Der Kellner wartet darauf, daß wir gehen, damit auch er endlich ins Bett gehen kann. Wir bestellen jede noch ein großes Bier, das er uns in zwei Bierkühlern aus Styropor in die Hand gibt, und gehen damit an den Strand.

Als wir schon draußen stehen, fällt mir Mikas Reiseapotheke ein, die noch neben meinem Stuhl auf dem Boden steht. Ich laufe zurück um sie zu holen. Die Lichter im Restaurant sind schon ausgeschaltet und ich taste mich im Dunkeln an unseren Tisch.

Das Restaurant ist nur überdacht und nach allen Seiten offen. Es weht ein leichter Wind und ich kann Susanne sehen, wie sie ganz klein und silbern im Mondlicht am Strand steht. Es ist so dunkel und friedlich jetzt, daß ich Susanne zurückrufen möchte, damit sie sich mit mir wieder an den Tisch setzt in dem dunklen, verlassenen Lokal und leise mit mir das Bier trinkt.

Ich stoße mit meinem verletzten Zeh gegen Mikas Tasche. Ich hebe sie auf und gehe hinaus, hinunter an den Strand, dorthin, wo Susanne gestanden war, die ich jetzt nicht mehr sehen kann.

Susanne liegt auf einer Strandmatte und schaut in den Himmel. Obwohl es den ganzen Tag über mehr oder weniger bewölkt war und sogar kurz geregnet hatte, ist der Himmel jetzt klar und voller Sterne. Der Mond hängt wie eine Schaukel im Himmel und leuchtet auf das Meer hinunter. Mein Zeh schmerzt wieder und ich lege mich neben Susanne auf die Matte.

»Mika hat ihre Tasche vergessen« sage ich zu Susanne.

»Ohhhhhhhhhhhh« sagt Susanne und auch ich sehe die Sternschnuppe, die mit einem langen

Schweif vom Himmel fällt. Dann liegen wir eine Weile und schweigen und ab und zu richtet sich eine von uns auf, um einen Schluck Bier aus der Flasche zu trinken. Die Wellen schlagen leise an den Strand, das Meer liegt glatt im Mondlicht und aus den Bergen schreien die Vögel. Ich liege mit meinem Kopf neben Susannes Kopf und kann ihr Haar riechen.

Susanne schweigt. Ich stütze mich auf, um einen Schluck Bier aus der Flasche zu trinken, und sehe sie dabei an. Sie hat die Augen geschlossen und aus ihrem gleichmäßigen Atem schließe ich, daß sie schläft. Ich lege mich wieder neben sie und schaue in den Sternenhimmel. Ich bin so wach wie den ganzen Abend nicht, ich werde von Minute zu Minute wacher; gerne würde ich hier neben Susanne einschlafen. Mein Körper ist schwer und müde, zu schwer um ihn aufzuheben und den Strand hinauf ins Bett zu schleppen, aber mein Kopf ist hellwach. Ich schließe die Augen und warte darauf, daß die Wellen mich in den Schlaf tragen, aber in meinem Kopf arbeitet es weiter.

Es ist jeden Abend dasselbe. Immer bin ich schon am frühen Abend so müde, daß ich schlafen könnte, und schleppe mich in das Restaurant hinunter zu den anderen, die wach und munter das Abendprogramm beginnen und dabei immer müder werden, während ich immer wacher werde. Wenn der letzte vor Müdigkeit gegangen ist, bin ich so wach, daß ich nicht mehr schlafen kann. Stundenlang liege ich dann nachts im Bett und lese und warte auf den Schlaf, der immer erst kommt, wenn ich schon nicht mehr daran glaube.

Da die Sonne mein Zimmer schon frühmorgens aufheizt, kann ich nicht lange schlafen und schleppe mich müde durch den Tag und den Abend, um nachts wieder hellwach zu sein.

Morgens wache ich wie erschlagen von der Hitze auf, mit Rückenschmerzen, die ich auf die harten Kissen schiebe, auf denen ich immer gerne und gut geschlafen habe. Ich habe versucht ohne Kissen zu schlafen, was ich nicht gewohnt bin, und dementsprechend schlecht habe ich auch geschlafen und die Rückenschmerzen waren dieselben.

Seitdem Susanne und Mika über fehlenden Schlaf und mangelnde Erholung klagen, schlafe ich schlecht und fühle meine Erholung zunehmend schwinden. Ich ertappe mich inzwischen manchmal dabei, auf die Abreise der Freunde zu hoffen, um meine Ferien in Ruhe zu verbringen, mit gutem Gewissen früh schlafen zu gehen, viel und ausgiebig zu schwimmen und zu lesen, so wie ich meine Ferien hier immer verbracht habe, viele Jahre lang, und sehr genossen und mich dabei immer gut erholt habe.

Aber obwohl ich bisher immer ausdrücklich alleine hierher gefahren bin, betrachte ich die wenigen alleinstehenden Menschen, die einsam an einem Tisch im Restaurant sitzen, mit Mitleid und Bedauern, während wir lärmend in lustiger Runde Karten spielen, und vergesse dabei, daß ich bisher jeden Abend alleine am Tisch gesessen und gegessen habe und das mit größter Zufriedenheit.

So sehr habe ich mich schon an die Geselligkeit gewöhnt, die mir oft lästig ist, daß ich bei dem Gedanken alleine zurückzubleiben und wieder alleine an einem Tisch zu sitzen, Unbehagen empfinde und ihre Abreise genauso fürchte, wie ich sie mir manchmal herbeiwünsche.

Nie wieder werde ich mit der gleichen Zufriedenheit alleine an meinem Tisch im Restaurant sitzen, nichts werde ich weiterhin so tun können, wie ich es bisher getan und genossen habe.

Ich werde nie wieder alleine im Restaurant sitzen können, ohne an die Kartenrunde denken zu müssen, immer wird mir das Alleinsein deutlich vor Augen stehen und ich werde es vergleichen mit den Abenden in der Gruppe und mit der Zeit werden sich die Gruppenabende verklären und ich werde sie mir herbeisehnen und mein Alleinsein als Mangel und Makel empfinden.

Nie wieder kann ich in meinem Bett schlafen, ohne daran zu denken, daß die Kissen zu groß und zu hart sind, im Gegensatz zu der Matratze, die viel zu weich ist, und werde darin die Ursache für schlechten Schlaf und unruhige Nächte suchen und das Gefühl haben, ich könnte mich aus diesem Grund nicht ausreichend erholen.

Wenn ich unter der kalten Dusche stehe, werde ich zwar an die Vorzüge denken, die kaltes Wasser gegenüber warmem Wasser für die Haut hat, aber genauso werde ich manchmal eine warme Dusche vermissen, was mir bisher nie in den Sinn gekommen war.

Ich werde nie wieder ausgiebig im Meer schwimmen, ohne an Mikas und Susannes Gerede denken zu müssen, wie sehr sie Sport verabscheuen und Menschen, die Sport betreiben, verachten.

Ich werde mein Leben lang von dem Wunsch nach einem karierten Sonnenhut besessen sein. Ich werde nie wieder in die Stadt fahren, ohne jedes Geschäft nach einem karierten Sonnenhut zu durchsuchen, und ich werde nie mehr mein bisher so geliebtes Zimmer mit Meeresblick bewohnen, weil die Zimmer zum Garten hinaus kühler und angenehmer sind.

Jedes Tun, jeder Winkel dieses Ortes hat seine Unschuld verloren und ist verpestet mit Erinnerungen an die Freunde, die sich mit der Zeit verklären werden, was es noch schlimmer macht.

Das wird mir plötzlich mit einer erschreckenden Deutlichkeit klar, während ich neben Susanne auf der Matte liege und in den Himmel schaue.

Nie zuvor war ich alleine nachts am Strand gelegen, habe Bier getrunken und in den Sternenhimmel geschaut. Nicht alle Erinnerungen, die ich an die vier habe, sind unangenehm oder lassen mich durch ihr Fehlen einen Mangel empfinden. Aber sie sind da und lassen sich nicht mehr wegschieben, im Gegenteil, sie werden sich aufdrängen und nichts wird mehr sein wie zuvor und nichts werde ich machen können wie bisher.

»Ich schlafe nicht« sagt Susanne und setzt sich auf, um einen Schluck Bier zu nehmen. »Bist du müde?« fragt sie mich. »Nein« sage ich, »kein bißchen.«

Meine Glieder sind schwer und schläfrig, zu schwer um mich aufzusetzen und ebenfalls einen Schluck zu trinken, was ich gerne tun würde, weil mein Mund trocken und klebrig ist, und meine Worte waren krächzend und falsch herausgekommen. Ich räuspere mich und sage noch einmal mit meiner richtigen Stimme »ich bin nicht müde, bist du müde?«

»Ein bißchen« sagt Susanne, »es ist schön hier zu liegen.« Tatsächlich ist mein Kopf sofort wieder hellwach, aber das ist nicht wichtig, ich werde heute nicht mehr aufstehen, um ins Bett zu gehen, sondern am Strand liegenbleiben, auch alleine, wenn Susanne gehen sollte. Der Tag war außerordentlich heiß gewesen und auch jetzt ist es noch sehr warm. Ein leichter Wind weht von den Bergen herüber. Susanne legt sich wieder hin. »Wir könnten auch hier draußen schlafen, oder?«

»Ja« sage ich, froh darüber, nicht alleine liegenbleiben zu müssen. Dann schweigen wir wieder und schauen in den Himmel.

Es ist unvorstellbar auch nur eine Minute mit Mika zu schweigen. Entweder redet sie ununterbrochen, oder sie steht sofort auf und geht weg, weil sie kein Schweigen ertragen kann. Um Mika loszuwerden muß man nur den Mund halten. Mit Schweigen könnte man Mika töten. In der Gruppe gibt es ein unausgesprochenes Schweigeverbot. Genausowenig wie Mika kann es Carsten ertragen, wenn nichts gesprochen wird. Carsten und Mika treiben das Gespräch voran, wenn Susanne schweigt und Frank zu betrunken ist, um zu sprechen.

Frank ist immer der erste, der betrunken ist. Genaugenommen ist Frank der einzige, der jeden Abend betrunken ist und der es auf nichts anderes anlegt. Schon am frühen Abend schüttet Frank den Alkohol in sich hinein, mit dem einzigen Ziel möglichst schnell betrunken zu werden, was ihm auch immer gelingt.

Frank ist nüchtern ein schweigsamer Mensch. Während er trinkt, wird er immer gesprächiger. Was anfangs noch lustig ist, wird mit zunehmender Betrunkenheit unverständlich und lästig bis unerträglich. Wenn er für jeden, selbst für Mika, unerträglich geworden ist, bricht er – oft mitten im Satz – das Wort ab und schweigt. Manchmal legt er sich in Mikas Schoß, bis diese ihn nach oben bringt, oder er sitzt am Tisch und starrt in undurchdringlichem Schweigen vor sich hin, bis er sich verabschiedet und geht.

Mit größter Konzentration nimmt er sich dann zusammen, steht auf, verbeugt sich leicht und würdevoll und marschiert geraden Schrittes hinaus. Mika folgt ihm kurz darauf, um sich zu vergewissern, daß er nicht unterwegs liegengeblieben ist.

Wenn er nicht mehr in der Lage ist alleine nach oben zu gehen, legt er sich in Mikas Schoß und schläft, bis sie ihn nach oben bringt. Dabei ist er immer um einen geraden und würdevollen Abgang bemüht. Wenn Mika ihn weckt, um ihn ins Bett zu bringen, schreckt er sofort hoch, setzt sich kerzengerade mit starrem Blick an den Tisch und verabschiedet sich kurz darauf mit einer Verbeugung und marschiert steifen Schrittes an Mikas Arm davon.

Den anderen ist dieser Verlauf so vertraut, daß sie ihm keine weitere Beachtung schenken, während ich anfangs mit höchster Verwirrung reagierte. Kurz bevor Frank in Schweigen verfällt, wird er laut und beginnt alle Umsitzenden zu beschimpfen. Angefangen bei Mika, die das völlig kaltläßt. Manchmal steht er auch auf und beschimpft die Leute an den Nachbartischen, oder er schreit ungerichtete obszöne Schimpfereien in den Raum. Das dauert nie länger als fünf Minuten, dann fällt er auf seinen Stuhl und starrt schweigend vor sich hin oder legt sich in Mikas Schoß und schläft.

Niemals verliert einer der anderen auch nur ein einziges Wort über Franks Trinkgewohnheiten und unverschämte Schimpfereien. Carsten und Susanne, aber auch Mika verhalten sich danach immer so, als wäre nichts gewesen. Als wäre es das Gewöhnlichste und Alltäglichste, daß Frank sie beschimpft und sich und sie vor allen anderen Gästen blamiert.

Es gehört tatsächlich zum Gewöhnlichsten, daß Frank sich jeden Abend auf diese Weise betrinkt, und es ist ungewöhnlich, wenn er das nicht tut oder wie heute auf seinem Zimmer bleibt und nicht herunterkommt, um zu trinken. Ein Abend auf dem Zimmer bedeutet für Frank einen trockenen Abend, und Mika verordnet allein deshalb gelegentlich getrennte Abende auf den Zimmern, damit Frank sich nicht jeden Abend betrinkt.

Es ist sogar für mich schon ungewöhnlich, daß Frank nicht herunterkommt, um sich zu betrinken und uns zu beschimpfen, so schnell habe ich mich an diesen unvermeidlichen Ablauf gewöhnt.

Frank ist nie länger als eine Stunde erträglich, wenn er sich in Höchstform getrunken hat. Dann ist er nicht nur erträglich, sondern lustig und charmant und voller Leben, was man nie für möglich gehalten hätte, wenn man ihn nur nüchtern kennt. Dann betrachtet ihn Mika voller Liebe und Stolz, mit leuchtenden Augen, und man ahnt, daß sie ihn für diese halbe Stunde mehr als alles liebt und bewundert und ihm darüber alles andere nachsieht und verzeiht.

Ich habe mich von Anfang an gefragt, was Mika an Frank findet, der durch und durch unscheinbar ist. Mit Frank kann man einen ganzen Tag verbringen, ohne ihn wahrzunehmen. Mit Frank kann man sich einen ganzen Abend unterhalten – soweit das möglich ist – und am nächsten Tag erkennt man ihn auf der Straße nicht wieder, weil man sich nicht an sein Gesicht erinnert.

Ich hatte mit Frank und Mika bereits mehrere Abende verbracht, ohne ihn wahrzunehmen, und war sehr erstaunt, als sich herausstellte, daß Frank Mikas Freund war. An jenen Abenden hatte er sich zwar auch betrunken, war aber nicht laut und ausfallend geworden, sondern sofort in Schweigen verfallen, deshalb waren mir seine Ausbrüche neu und überraschten mich, auch weil ich ihm soviel Temperament nie zugetraut hatte.

Frank und Carsten verbindet eine enge Freundschaft. Wenn die Mädchen auf ihren Einkaufsausflügen unterwegs sind und Carsten, Frank und ich zurückbleiben, wechsel ich mit den beiden oft den ganzen Tag kein einziges Wort, so undurchdringlich stecken sie zusammen.

Sobald Mika und Susanne auftauchen, ist es mit der Ruhe vorbei und sofort beginnt wieder das Geschreie und Gegröle und Arme werden hochgerissen und Hände abgeklatscht. Ich habe nie beobachtet, daß sich Frank und Carsten oder Mika und Susanne derartig benehmen, wenn sie alleine sind. Nur Mika und Carsten oder Susanne und Carsten lachen und reden und klatschen laut, wenn sie zusammen sind. Mit Carsten kann man sich nicht anders unterhalten als laut und spaßig. Nur mit Frank unterhält er sich manchmal ernst und in einer Weise, wie er mit niemandem sonst spricht.

So gegensätzlich Frank und Carsten in ihrem Wesen sind, sind sie auch in ihrem Äußeren. Carsten ist groß und dunkel, fröhlich und laut, während Frank klein, blond und schweigsam ist. Nur mit Carsten zusammen entwickelt er Leben und Energie, wenn er nüchtern ist; nicht einmal mit Mika habe ich ihn so erlebt. Im Gegenteil, er verstummt neben Mika, die ständig spricht, und der letzte Rest Leben scheint aus seinem Körper zu weichen. Neben Mika verblaßt Frank vollständig, während man ihn neben Carsten, allein bedingt durch die Gegensätzlichkeit der beiden, nicht übersehen kann.

Obwohl Mika auch groß und dunkel ist und Frank einen Kopf kleiner als sie, nimmt man ihn neben Mika nicht wahr, weil man nur Mika sieht und hört und sie alles Licht auf sich zieht und andere in den Schatten stellt. Es ist für jeden schwer, neben Mika wahrgenommen zu werden, nur für Susanne nicht, der es gelingt, durch ihr Schweigen die gleiche Präsenz zu erreichen wie Mika durch ihr lautes Auftreten; was verwundert und die Aufmerksamkeit noch mehr auf sie zieht.

Susanne stellt Mika mühelos in den Schatten, ohne ein einziges Mal den Mund aufzumachen. Susanne muß sich nur eine Zigarette anzünden, während Mika neben ihr Faxen macht und Temperament zeigt und die tollsten Geschichten erzählt, und alle liegen Susanne zu Füßen und niemand hört mehr Mika zu.

Auch weil Susanne sehr schön ist. Schöner als Mika, die nur hübsch ist. In Susannes Schönheit liegt Würde und Stolz und Klugheit, um so mehr, weil sie sich dessen nicht bewußt ist. Susanne benimmt sich wie ein häßliches Mädchen, mit der Würde einer schönen Frau, die sie ist. Darin liegt Susannes Unschuld. Jeder, der sie sieht, glaubt ihre Schönheit entdeckt zu haben, weil sie sich dieser selbst nicht bewußt zu sein scheint.

Dieser Unschuld unterliegt auch Mika, die das Gegenteil von Unschuld ist und bis zur letzten Faser ihres Körpers durchtrieben. Susanne schlägt Mika mit einer Waffe, die für sie unerreichbar ist, und dafür hat sie Mikas ganzen Respekt.

Ich habe noch nie gesehen, daß Frank und Susanne auch nur ein einziges Wort außerhalb der Gruppe wechseln. Selbst wenn sie nebeneinander am Strand liegen, während die anderen im Wasser sind, oder sich zu zweit am Tisch gegenüber sitzen, macht keiner von beiden ein einziges Mal den Mund auf. Schweigend schauen sie aneinander vorbei, als wäre der andere nicht vorhanden. Das ist kein böses Schweigen, sondern ein offensichtliches gegenseitiges Desinteresse, und da beiden das Schweigen nicht unangenehm ist, macht keiner den Mund auf. Selbst wenn man als dritter mit am Tisch sitzt, fällt einem das Schweigen nicht unangenehm auf, weil es so selbstverständlich ist, und deshalb habe ich auch erst spät gemerkt, daß Susanne und Frank sich nichts zu sagen haben.

Mein Rücken schmerzt und meine Füße sind kalt. Ich wünsche mir nichts mehr, als in meinem Bett zu liegen. Ich setze mich auf und sage zu Susanne »ich bin müde, ich gehe ins Bett«.

»Ich komme mit« sagt Susanne. Wir stehen auf und rollen die Matte zusammen. Susanne nimmt die Bierflaschen, ich trage die Matte und Mikas Tasche mit der Reiseapotheke und wir gehen hintereinander den Strand hinauf und durch das dunkle Restaurant, wo wir die leeren Flaschen auf den Tisch stellen.

Susanne setzt sich und sagt »wie schön und friedlich das hier ist«. Ich setze mich neben sie und wir sehen auf das silberne Mondmeer hinaus. Susanne sagt, so friedlich sei es noch nie gewesen, seit sie hier ist. Solche Abende wünscht sie sich öfter. Im Dunkeln sitzen und schweigen, am Strand liegen und nichts reden müssen.

Sie knibbelt an der leeren Flasche und wir schweigen noch eine Weile im Dunkeln; dann steht sie auf, weil jeder friedliche Moment irgendwann einmal zu Ende ist.

Susanne läuft vor mir her, ohne sich umzudrehen. Vor ihrer Zimmertür bleibt sie stehen, sagt »gute Nacht«, geht hinein und macht die Tür zu. Ich gehe weiter zu meinem Zimmer. Als ich vor der Tür stehe, kann ich meinen Schlüssel nicht finden. Da mein Rock keine Taschen hat, trage ich ihn an einem Band um den Hals oder das Handgelenk.

Der Gedanke meinen Zimmerschlüssel verloren zu haben und das dunkle Restaurant und den Strand danach absuchen zu müssen, anstatt mich sofort ins Bett legen zu können, läßt mich verzweifeln. In meiner Verzweiflung schmeiße ich mich gegen die Tür und drücke die Klinke herunter. Die Tür geht auf und ich falle ins Zimmer. Auf dem Tisch liegt der Schlüssel an seinem roten Band. Ich hatte die Tür gar nicht abgeschlossen, als ich zum Kartenspielen hinunterging. Ich schließe die Tür zu, lege mich auf mein Bett und mache mir nicht mehr die Mühe mich auszuziehen oder noch einmal ins Bad zu gehen. Ich zerre nur die Decke unter mir vor, decke mich zu und schlafe sofort ein.

Bis ich von einem leisen Klopfen aufwache. Ich höre Mikas Stimme meinen Namen rufen. Ich versuche das Klopfen zu ignorieren und weiterzuschlafen, aber sie hört nicht auf zu klopfen und zu rufen. Ich stehe auf, schließe die Tür auf und lege mich sofort wieder ins Bett, ohne Mika hereinzulassen. Sie öffnet die Tür und kommt ins Zimmer. Sie trägt einen großkarierten Pyjama mit Dreiviertelhosen und dazu alberne Pantoffeln. Sie sieht aus, als käme sie aus einem Doris Day Film.

Mika kleidet sich immer übertrieben modisch mit einem gezielten Zug ins Lächerliche, was das Modische zurücknehmen soll und zeigen, daß sie sich durchaus bewußt ist, in welcher Welt sie sich bewegt und daß sie einen ironischen Abstand dazu hält. Tatsächlich macht ihre Art sich zu kleiden mehr den Eindruck, als käme es ihr nur darauf an, jede Modebewegung als erste und unmittelbar aufzugreifen, ohne Rücksicht auf Stil und Geschmack, was manchmal zu verheerenden Stilbrüchen führt. Dabei wäre das das letzte, was Mika passieren würde, die im Grunde absolut stilsicher ist und deshalb glaubt, sich diese Brüche erlauben zu können.

Sie entschuldigt sich aufgebracht für ihre späte Störung. Daß sie mich offensichtlich geweckt hat, übergeht sie dabei. Wahrscheinlich denkt sie, ich hätte mich angezogen aufs Bett gelegt und drauf gewartet, daß sie an die Tür klopft. Ich mache wieder die Augen zu.

»Ich suche meine Reiseapotheke« sagt Mika mit einem Vorwurf in der Stimme, als hätte ich und nicht sie die Tasche im Restaurant vergessen. Ohne die Augen zu öffnen deute ich auf den Tisch, wo ich die Tasche abgestellt habe. Das war überflüssig, weil Mika sofort alles in meinem Zimmer findet, und ich bin mir sicher, daß sie bereits drei Sekunden nachdem sie mein Zimmer betreten hat, die Tasche erspäht hat.

»Wo ist meine Reiseapotheke? Wo wart ihr?« Letztere Frage setzt voraus, daß sie mich schon früher am Abend gesucht haben muß und nicht nur mich, sondern auch Susanne, sonst käme sie nicht zu dem Schluß, daß wir gemeinsam unterwegs waren.

Daß Susanne und ich den Abend gemeinsam außerhalb Mikas Kontrolle verbracht haben, bringt sie derart auf, daß sie unter dem Vorwand, ihre Reiseapotheke zu benötigen, nachts um halb zwei in mein Zimmer kommt und mich aufweckt.

Ohne meine Antwort abzuwarten, nimmt sie ihre Tasche an sich und geht sofort wieder, nachdem sie sich dafür entschuldigt hat, mich aufgeweckt zu haben. Und das nicht einmal in dem für Mika üblichen Ton, der eine Entschuldigung wie eine An-

schuldigung klingen läßt, sondern aufrichtig freundlich.

Sie geht hinaus und schließt die Tür leise hinter
sich. Obwohl ich vor Müdigkeit kaum denken noch
mich bewegen kann, wundert mich ihr Verhalten.

Dann schlafe ich, bis ich von der Morgenhitze geweckt werde. Die kleine Uhr auf meinem Nachttisch
zeigt kurz vor zehn. Auch wenn ich spät ins Bett
gehe, so wie gestern, wache ich morgens meist um
sieben auf und schlafe nie länger als bis neun Uhr,
was schon eine seltene Ausnahme ist.

Ich stehe auf, schließe die Läden und lege mich
wieder ins Bett. Ich habe das Gefühl, den Moment
des Aufstehens verpaßt zu haben, und jetzt gibt es
keine Möglichkeit mehr den Tag außerhalb des Zimmers, außerhalb des Betts zu verbringen. Ich weiß
nichts mit dem Tag anzufangen, der zu spät begonnen hat. Mein Körper, der frühmorgens immer wach
und leicht ist, ist schwer und müde.

Draußen ist ein strahlender Tag, ich sehe das Blau
durch die Läden hindurchblitzen und ich mühe
mich aus dem Bett ins Bad, um mich unter die kalte
Dusche zu stellen. Hätte ich warmes Wasser zur Verfügung, würde ich heiß duschen, aber diese Wahl
habe ich glücklicherweise nicht, deshalb stelle ich
mich unter die kalte Dusche.

Das Wasser ist anfangs warm, von der Sonne in
den Leitungen aufgewärmt, und wird schnell kalt.

Ich zwinge mich das kalte Wasser auszuhalten und dusche lange. Dann drehe ich das Wasser aus und trockne mich ab. Ich wickle mir ein Handtuch um meine nassen Haare, das mir beim Zähneputzen wieder vom Kopf fällt. Ich ziehe mich an, stecke meine Haare hoch, packe meine Badesachen ein und gehe hinunter.

Das Restaurant, das frühmorgens, wenn ich üblicherweise aufstehe, immer leer ist, ist jetzt voll. Fast jeder Tisch ist besetzt. An einem der Tische sitzt Carsten und frühstückt seine Eier im Glas. Normalerweise verlasse ich spätestens dann den Frühstückstisch, wenn Carsten beginnt seine Eier im Glas zu essen, um ihm dabei nicht zusehen zu müssen.

Ich setze mich zu Carsten an den Tisch, an dem wir gestern abend Karten gespielt haben, und sehe ihm zu, wie er seine Eier im Glas zu einem Brei verrührt und ißt.

Er begrüßt mich freundlich. Ich frage ihn, wie es ihm geht, und er springt auf, bückt sich und steckt seinen Kopf zwischen die Beine, um mir zu zeigen, daß es ihm gut geht und er sich wieder bewegen kann. Dann setzt er sich und ißt seine Eier, während ich beim Kellner mein Frühstück bestelle. Eine Nudelsuppe. Da ich mein Frühstück verschlafen habe, bestelle ich ein Mittagessen.

Ich frage Carsten nach Susanne und den anderen. Er sagt »Susanne schläft noch«. Er sei heute morgen aufgestanden, da habe sie geschlafen wie eine Tote. Jeder Versuch sie zu wecken sei vergeblich gewesen. Was wir gestern gemacht hätten, fragt er. Ob wir zu viele von seinen Pillen geschluckt hätten.

Carsten hat immer die Taschen voller Diätpillen, die er einem bei jeder Gelegenheit anbietet. Sobald man in geselliger Runde beisammen sitzt, zieht Carsten seine Pillen heraus und versucht sie uns in den Mund zu schieben. Carsten kennt jede Diätpille auf dem Markt. Er hat sie in allen Farben und Formen in seiner Dose. Rosa und hellblau, weiß und rund und schmal und lang. Carsten hat für jede Gelegenheit die richtige Pille. Er selber schwört auf die kleinen rosa Pillen, uns steckt er die anderen in den Mund. Manchmal bietet er auch Prozac an.

Carsten verbringt keinen Abend ohne Pillen, das ist der Grund für seine immer gute Laune. Selbst wenn es ihm schlecht geht und er Schmerzen hat, wie mit seinem Rücken, oder neulich ein vereiterter Zahn, oder eine Erkältung, ist das für ihn lediglich ein Anlaß Pillen zu schlucken, bis es ihm besser geht als zuvor, ohne Schmerzen.

Er bietet auch großzügig jede Art von Schmerzmitteln und Codeinpräparaten an, wenn er keine Diätpillen mehr hat, was selten vorkommt. Frank ist ein immer williger Abnehmer jeder Form von Medikamenten. Was immer Carsten anbietet, nimmt Frank in großen Mengen und in jeder Darreichungsform, während die Mädchen, wie auch ich, zurückhaltend bleiben und höflich die eine oder andere Diätpille nehmen oder einen Schluck Hustensaft trinken. Frank kennt kein Halten, genauso wenig wie beim Alkohol, und auch hier hält ihn niemand – nicht einmal Mika – davon ab, maßlos Tabletten zu schlucken.

Nie habe ich die anderen, nicht einmal Frank, Pillen nehmen sehen, wenn Carsten nicht dabei war, was allerdings selten ist. Nie hat einer der anderen Carsten um eine Pille gebeten, immer drängt er sie auf und die Mädchen schlucken sie, um ihn nicht zu kränken, weil es mit zum Gute-Laune-Spiel gehört. Nie würden Susanne und ich auf die Idee kommen, Carstens Diätpillen zu nehmen. Carsten weiß das und macht um so häufiger Scherze darüber, daß die Mädchen heimlich seine Pillen essen und jede Gelegenheit nutzen, um sich an seine Pillen ranzumachen. Er versteckt sie sogar, bevor er schlafen geht.

»Mika« sagt Carsten, »hat Frank zum Arzt gefahren, dem geht es gar nicht gut. Frank hatte letzte Nacht einen Asthmaanfall und Mika war ganz außer sich, weil sie dich und ihren Medizinkoffer nicht finden konnte, in dem Franks Medikamente waren, die er dringend gebraucht hätte.« Glücklicherweise konnte Carsten ihm einen Hustensaft geben, der das Schlimmste verhinderte.

Heute morgen hatte Frank hohes Fieber und man war sich nicht sicher, ob es sich um eine Lungenentzündung handelte, deshalb war Mika mit ihm ins Krankenhaus gefahren.

Ob ein Arzt es nicht auch getan hätte, frage ich. Carsten sagt, es sei immer dasselbe, ohne Krankenhaus geht bei Frank gar nichts. Nichts ist bei Frank gesundheitsfördernder als ein ausführlicher Besuch im Krankenhaus. Gerade im Ausland traue er keinem Arzt außerhalb des Krankenhauses. Ein Arztbesuch anstelle des Krankenhausbesuchs würde Franks Husten vervierfachen, während ein kurzer Krankenhausaufenthalt sofortige Genesung bringt.

Frank wäre auch nur deshalb ohne weiteres hierher gefahren, weil wir uns in unmittelbarer Nähe eines Krankenhauses befinden. Damit hätte ihn Mika sofort überzeugt, da er wegen der mangelhaften ärztlichen Versorgung Fernreisen am liebsten vermied.

Frank hatte vor der Reise zwei Wochen lang mit Fieberanfällen im Bett gelegen, die eine Reaktion auf die zahlreichen Impfungen waren, die er hatte vornehmen lassen. Er hatte sich gegen alle Krankheiten, gegen die man sich impfen lassen konnte, impfen lassen. Er schluckte sogar täglich drei verschiedene Malariatabletten, obwohl hier noch nie Malaria aufgetreten war, was ich ihm mehrfach versichert hatte.

Die einzigen Male, die er vor der Reise mit mir gesprochen hatte, ging es um mögliche Krankheiten und gesundheitliche Gefahren im Ausland, und er erkundigte sich jedesmal nach der ärztlichen Versorgung hier vor Ort.

Frank, der mir bisher an nichts übermäßig, nicht einmal mäßig interessiert erschien, erstaunte mich bei diesen Gesprächen mit seinem Interesse. Frank ist sofort hellwach, wenn das Gespräch auf Krankheiten kommt, was von den anderen immer amüsiert kommentiert wird; oder das Gespräch wird gezielt auf Krankheiten gebracht, nur um Franks Interesse zu wecken, und wenn Frank zu husten beginnt oder ein Taschentuch herausholt, oder mit besorgtem Blick seine Lymphknoten abtastet, ist das immer Anlaß für einen oder mehrere Scherze.

Frank ist Asthmatiker und gegen so gut wie alles allergisch, wobei eins mit dem anderen zusammenhängt, sagt Carsten. Befindet sich einer dieser Reizstoffe, was so gut wie alles sein kann, in Franks unmittelbarer Nähe, löst das schwere Asthmaanfälle bei ihm aus, die im schlimmsten Fall sogar lebensbedrohlich werden können. Schwierig ist in solchen Fällen herauszufinden, gegen welche Stoffe er allergisch ist und ob das Asthma überhaupt durch eine Allergie ausgelöst wurde oder nur psychosomatisch ist, was auch der Fall sein kann.

Das Asthma kann auch durch eine von Frank eingebildete Allergie ausgelöst werden. So kann es durchaus möglich sein, daß Frank, weil er nachts einige Male husten muß, sich einbildet, auf das Roßhaar in seiner Matratze allergisch zu sein, und diese Einbildung bald darauf schweres Asthma hervorruft, obwohl die Matratze durch und durch synthetisch ist, ohne ein einziges Roßhaar.

Jede Angst vor einer möglichen Allergie kann genauso Asthma hervorrufen wie eine tatsächliche Allergie und ist deshalb ernst zu nehmen, auch wenn es schwerfällt. Deshalb ist es wichtig, daß Frank sich wohl fühlt, weil jede Abneigung auf eine mögliche oder eingebildete Allergie zurückzuführen ist, und daß eine gute medizinische Versorgung in unmittelbarer Nähe gewährleistet ist, damit er sich sicher fühlt.

»Am wohlsten fühlt sich Frank mit Blick auf ein Krankenhaus« sagt Carsten, »und der schönste Urlaub ist für Frank ein Kururlaub«.

Während er spricht, verrührt Carsten mit konzentriertem Gesicht seine Eier im Glas zu einem dicken Eibrei, auf den er Zucker streut. Ich weise ihn darauf hin, daß er Zucker anstatt Salz in seine Eier getan hat, froh darüber, daß er sie jetzt nicht mehr essen kann, da grinst er nur und sagt, das sei genau richtig so, und beginnt den süßen Eibrei in sich hineinzuschaufeln. Es ist kein Zufall, daß Carsten jeden Morgen alleine frühstückt.

Ich zwinge mich wegzusehen, während er ißt, und

schaue indessen im Restaurant herum, da sehe ich Susanne auf uns zukommen und einen Umschlag über ihrem Kopf schwenken. Anstelle einer Begrüßung verzieht sie nur das Gesicht, als sie Carsten essen sieht. »Es steht euch frei an einem anderen Tisch zu frühstücken« sagt Carsten.

Susanne fragt nach Mika und Frank, und Carsten erzählt ihr mit Vergnügen, was er mir gerade auch erzählt hat, daß Mika Frank in ein Krankenhaus gefahren hat, nachdem er die ganze Nacht gehustet und heute morgen Fieber hatte. Susanne verdreht nur ungerührt die Augen, legt den Umschlag auf den Tisch und sagt »Fotos«, worauf Carsten sofort seinen Eibrei stehenläßt und den Umschlag an sich reißt.

Während er die Bilder ansieht, schaut ihm Susanne über die Schulter und kommentiert und beide lachen und deuten auf die Bilder, während ich ungeduldig am Tisch sitze und nicht sehen kann, worüber sie sich amüsieren.

Carsten reicht mir ein Foto nach dem anderen herüber, aber immer wenn ich ein Foto in den Händen halte, lachen sie schon über das nächste und kommentieren, was ich nicht sehen kann.

Die Fotos zeigen uns in einem Fischrestaurant am Strand, an dem Abend, als wir Mikas Geburtstag gefeiert hatten. Susanne hatte zu diesem Anlaß bunte Papiermützen besorgt, die wir auf dem Kopf trugen, jeder in einer anderen Farbe, was den Fotos eine bestechende Farbigkeit verleiht; und nur aus diesem Grund trugen wir die albernen Mützen auf dem Kopf.

Die Fotos zeigen uns immer lachend und in einer übermütigen und ausgelassenen Stimmung, was durch die bunten Farben noch hervorgehoben wird. Die Bilder vermitteln den Eindruck eines fröhlichen Abends, der in Wirklichkeit düster und bedrückend gewesen war. Die fröhlichen bunten Fotos stehen in einem geradezu grotesken Kontrast zu dem tatsächlichen Abend, aber das scheint Carsten und Susanne nicht aufzufallen. Die haben ihre reine Freude an den Bildern und können sich gar nicht daran satt sehen.

Carsten reißt mir die Fotos aus der Hand, die er schon gesehen hat, und sieht sie mit der gleichen Freude wieder von vorne an.

Mika hatte an ihrem Geburtstag den ganzen Tag über immer wieder mit Frank gestritten, was noch nie vorgekommen war. Ich hatte noch nie erlebt, daß Mika Frank Vorwürfe machte, nicht einmal wenn sie Grund dafür hatte.

Angefangen hatte es mit seinem Geburtstagsgeschenk. Seitdem nörgelte sie den ganzen Tag an ihm herum, nichts konnte er ihr recht machen, obwohl er sich alle Mühe gab. Er hatte eine Torte für sie bestellt, eine rührend verzierte Buttercremetorte, auf der Mikas Name geschrieben stand und ›Härzlicher Geburtstag‹, an der sie kein gutes Haar ließ. So was könne sie nicht essen mit ihrem Magen, und die Verzierung sei giftig, »mit so einer Torte kann man sich umbringen« sagte sie und schnitt sie schlecht gelaunt an und jeder aß von der Torte, nur Mika nicht, die stand auf und ging an den Strand.

Die Torte schmeckte gut und wir aßen mehr oder weniger schweigsam, manchmal versuchte jemand einen Witz zu machen und die Stimmung aufzulockern, was nicht gelang.

So zog sich das den ganzen Tag über hin. Alle blieben zusammen, keiner wagte es sich zu entfernen, weil Mika Geburtstag hatte und der mußte gefeiert werden. Am Abend gab es erneuten Streit über das Restaurant, in dem wir essen wollten.

Ich hatte das Fischrestaurant vorgeschlagen, was von Frank begeistert aufgenommen wurde, nur weil er dachte, das sei in Mikas Sinne und würde die Stimmung heben.

Mika war verärgert darüber, daß Frank bereits zustimmte, bevor sie sich darüber geäußert hatte, wie sie den Abend verbringen wollte, deshalb wollte sie gar nichts mehr essen und schon gar keinen Fisch.

Es brauchte viel Diplomatie und Geschick, Mika umzustimmen und es am Ende dahin zu drehen, daß der Vorschlag, in dem Fischrestaurant zu essen, von Mika kam, weil sie schon Tage zuvor den Wunsch geäußert hatte, dorthin essen zu gehen, und dabei erwogen, dort ihren Geburtstag zu feiern.

Alle waren erschöpft von der Anspannung des Tages – des Geburtstags, der noch nicht vorbei war –, als wir endlich in dem Restaurant saßen und Susanne die bunten Hütchen herauszog und zu fotografieren begann.

Sogar Mika begann für die Fotos zu lachen und zu winken und sich in Pose zu setzen. Um nichts in der Welt hätte sie es zugelassen, daß es ein Foto von ihr gibt, auf dem sie nicht in bester Laune strahlt. Keine Laune kann so schlecht sein, daß Mika nicht sofort ihr strahlendstes Lächeln aufsetzt, sobald eine Kamera gezückt wird. Sogar auf der Beerdigung ihrer Mutter würde sie strahlend in die Kamera lächeln, weil sie gar nicht anders kann, als zu strahlen und zu lächeln, sobald eine Kamera vor ihr erscheint. Wie auch die anderen keine Scheu vor der Kamera haben und sofort bereitwillig ihre Gute-Laune-Posen einnehmen, egal, wie gut die Laune in dem Moment ist.

Auch Frank und Carsten nehmen sofort Fotoposen ein, besonders Frank ist auf jedem Foto bedacht nur seine linke Seite zu zeigen, das ist die Seite, auf der ihm die Haare ins Gesicht fallen, und dazu lächelt er immer ein Lächeln, von dem er glaubt, daß es spöttisch sei, mit nur einem Mundwinkel, und kneift dabei das Auge über dem Mundwinkel leicht zusammen.

Auf jedem Foto macht Frank das gleiche Gesicht, bis auf die wenigen, bei denen er sich nicht schnell

genug auf die richtige Seite gedreht hat oder überrascht wurde.

Franks Fotogesicht gibt es ausschließlich auf Fotos.

Carsten dagegen wirft sich lediglich in uneitle
Gute-Laune-Posen und macht für die Fotos besonders verrückte und ausgelassene Dinge, wie in ein
Glas beißen oder auf den Händen stehen, das aber
auch erst am fortgeschrittenen Abend.

Nur Susanne wird immer von der Kamera überrascht und hat manchmal die Augen geschlossen oder
macht eine unvorteilhafte Grimasse oder Bewegung.

Obwohl Susanne schöner als Mika ist, verblaßt sie
auf den Fotos immer neben Mika, die auf jedem,
wirklich jedem Foto strahlend schön aussieht. So
auch auf diesen Geburtstagsfotos.

Mika winkt und lächelt, hält ein Glas hoch und
umarmt Frank, als wäre das der schönste Tag ihres
Lebens und ein durch und durch gelungener Geburtstag. Auf keinem einzigen Foto sieht man ihr die
schlechte Laune an, mit der sie den ganzen Tag verbracht hatte.

Wahrscheinlich war das der Grund für ihre
schlechte Laune, daß bisher niemand auf die Idee gekommen war, ein oder mehrere Fotos von Mika an
ihrem Geburtstag zu machen.

Mika hatte sich besonders hübsch angezogen; ein
Kleid, das sie nur für ihren Geburtstag mitgebracht
hatte, ich habe es vorher nie an ihr gesehen. Ein sehr

feierliches Kleid, knielang, schwarz, schmal und hochgeschlossen, dessen Raffinesse man erst auf den zweiten Blick entdeckte, nämlich seitliche Schlitze in Brust- bis Hüfthöhe, was nicht zuließ, daß man irgend etwas darunter trug. Hätte Mika einen BH oder ein Höschen getragen, hätte man das in jedem Fall gesehen. Sie war offensichtlich nackt darunter und bei jeder Bewegung blitzte ihre inzwischen braune Haut durch die Schlitze.

Mika war in diesem Kleid zum Frühstück erschienen, um ihre Geschenke und Gratulationen entgegenzunehmen, aber anstelle eines geschmückten Frühstückstisches fand sie nur mich vor. Ich hatte gerade mein Frühstück beendet und war im Begriff an den Strand zu gehen, als Mika in ihrem feierlichen Kleid an den Tisch kam. Ich hatte nicht an ihren Geburtstag gedacht und machte im Vorbeigehen einen Scherz über ihren feierlichen Aufzug, den sie nicht weiter kommentierte.

Erst als ich schon draußen stand, fiel mir ein, daß Mika Geburtstag hatte. Ich erinnerte mich, daß Frank mit Carsten und Susanne frühmorgens, bevor Mika aufstand, in die Stadt fahren wollte, um die Torte abzuholen und Geschenke zu kaufen. Es war meine Aufgabe Mika abzulenken und aufzuhalten, falls sie aufstand, bevor die anderen zurück waren.

Das fiel mir ein, als mir die drei entgegenkamen. Susanne drückte mir das Geschenk für Mika in die

Hand, das sie für mich besorgt hatte, Badeschlappen, die Mika an mir gesehen hatte und auch haben wollte; Susanne hatte sich ebenfalls die gleichen gekauft.

Damit fing der Ärger an. Daß Mika in ihrem feierlich geschlitzten Kleid alleine morgens im Restaurant stand und niemand mit ihr Geburtstag feiern wollte. Nachdem sie sich geweigert hatte von der Torte zu essen, ging sie hinaus, zog ihr Kleid wieder aus und zog es auch am Abend nicht mehr an.

Für den Abend hatten wir uns alle feierlich gekleidet, nur Mika nicht. Sie hatte sich betont nachlässig gekleidet, was ihr sehr gut stand.

Wenn Mika sich betont nachlässig kleidet, dann mit der gleichen Sorgfalt, oder sogar noch mehr Sorgfalt, als wenn sie offensichtliche Mühe auf ihre Kleidung verwendet, wobei sie allerdings unter allen Umständen versucht zu vermeiden, daß man ihrer Kleidung ansieht, daß sie sich damit Mühe gegeben hat.

Carsten deutet auf ein Foto und lacht und lacht, auch Susanne lacht und kann gar nicht mehr damit aufhören. Ich nehme ihm das Foto aus der Hand, um zu sehen, was es zu lachen gibt.

Auf dem Foto ist nichts weiter zu sehen als eine wie immer in die Kamera strahlende Mika, neben ihr Susanne, die ein Glas prostend emporhält und ihren Kopf nach Carsten verdreht, der hinter ihr sitzt und

so tut, als würde er sein Glas über Franks Kopf aus-
schütten. Ich sitze neben Frank und lache freundlich
mit einer Gabel im Mund.

Ich kann nichts außerordentlich Lustiges auf diesem Foto erkennen, es ist genauso lustig oder wenig
lustig wie alle anderen Fotos, die alle eine Variation
dieses Fotos sind.

Ich sehe fragend zu Carsten, der kann sich vor Lachen kaum halten, »Frank…« sagt er, »schau doch
mal genau hin.«

Frank macht auf dem Bild sein übliches Fotogesicht. Er ist betrunken, das kann man an seinem
Blick sehen, den roten Backen und an der Entglei-
sung seines Lächelns. Er hat den Kopf ins Halbprofil
gedreht, die Augen sehen glasig in die Kamera, die
Wangen hat er eingezogen und die Lippen seines
dünnen Mundes hervorgestülpt.

Frank hat ein rundes Kindergesicht mit dicken
Backen, die sich röten, wenn er trinkt. Aber das kann
Carsten nicht damit meinen, weil Frank immer mehr
oder weniger lächerlich auf Fotos aussieht. »Unterm
Tisch« japst Susanne.

Frank hat die Hände unter dem Tisch auf seinen
Beinen liegen und erst jetzt sehe ich, daß er in der einen Hand seinen Schwanz hält und in den Sand
pißt; das erklärt seinen entrückten Blick.

Das Foto wurde zu einem Zeitpunkt aufgenommen, an dem wir alle – bis auf Mika – bereits sehr be-

trunken waren. Mika hatte den ganzen Abend keinen Schluck Alkohol getrunken, was sie sonst nie tut, sie trinkt ganz im Gegenteil immer gerne und viel. Mika läßt keine Gelegenheit aus zu trinken, und daß sie ausgerechnet an jenem Abend nichts getrunken hat, zeigt, daß sie immer noch nicht versöhnt war mit ihrem Geburtstag; trotz der strahlenden, fröhlichen Fotos.

Sieht man genau hin, kann man erkennen, daß vor Mika immer eine Cola steht und daß sie auf keinem Foto eine Bierflasche in der Hand hält – wie wir anderen. Jeder, der Mika kennt, weiß, daß das ein Zeichen dafür ist, daß sie nicht so fröhlich sein konnte, wie sie auf den Bildern scheint, weil es immer einen schwerwiegenden Grund dafür geben muß, wenn Mika keinen Alkohol trinkt, noch dazu an ihrem Geburtstag. Selbst wenn Mika am Abend zuvor zuviel getrunken hat, hält sie das nicht ab, am nächsten Abend weiterzutrinken. Solange Mika in der Lage ist aufrecht an einem Tisch zu sitzen, ist sie auch in der Lage, Bier zu trinken.

Mika machte zwar ein fröhliches Gesicht für die Fotos, blieb aber den ganzen Abend kühl und abweisend, was die anderen nicht davon abhielt zu trinken und zu feiern. Auch verlor keiner ein Wort darüber, daß Mika nicht trank. Sie versuchten Mikas Laune zu übergehen und zu feiern, als wäre nichts.

Nur Frank war anfangs noch bemüht, Mika zu versöhnen und ihr alles recht zu machen, was ihm nicht gelang. Darauf begann er sich wie üblich zu betrinken und war bald nur noch mit sich selbst beschäftigt.

Später, als Frank betrunken war und sich auf Mikas Schoß legen wollte, stand sie in dem Moment auf, als er sich zu ihr hinüberlehnte, und er knallte mit dem Kopf auf die Bank.

Mika ignorierte diesen Vorfall und Frank war durch den Sturz so weit ernüchtert, daß er aufstehen und hinter Mika herlaufen konnte, die damit den Abend beendete.

Carsten und Susanne haben ihre Freude an den Fotos, als wäre der Abend ein uneingeschränkt gelungener und lustiger Abend gewesen, was zeigt, wie die Bilder die Erinnerung verklären und selbst zur Erinnerung werden.

Über den Geburtstag wurde nie wieder gesprochen, was unüblich ist, weil sonst jeder Abend am Tag darauf detailliert erinnert und kommentiert wird. Über den Geburtstagsabend verlor keiner am nächsten Tag auch nur ein einziges Wort und Mika erschien am nächsten Morgen gutgelaunt, als wäre nichts gewesen. Der Abend wurde weggesteckt, als hätte er nicht stattgefunden, und erst jetzt, mit den Fotos, taucht er wieder auf.

Carsten und Susanne sprechen ausschließlich über

die Fotos, nicht über den Abend, wie er tatsächlich stattgefunden hat. Es scheint wie eine Erleichterung, daß der Abend jetzt in dieser Form abgelegt werden kann.

Mika betritt das Restaurant, mit Abstand gefolgt von Frank, der langsam läuft und ein leidendes Gesicht macht. Mika geht schnell wie immer, ohne Rücksicht auf Franks Langsamkeit. Sie kommt an unseren Tisch und Susanne steckt schnell die Fotos in den Umschlag, als wolle sie die Bilder vor Mika verstecken.

Mika sieht sofort den Umschlag. »Fotos?« fragt sie, Susanne nickt nur und fragt »wie geht es Frank?«

Mika setzt sich, nimmt den Umschlag und zieht die Bilder heraus ohne zu antworten. Schnell und konzentriert sieht sie die Fotos durch, steckt sie ohne Kommentar wieder zurück und schiebt sie zu Susanne hinüber. Sie scheint zufrieden mit dem, was sie gesehen hat.

Inzwischen ist Frank an unserem Tisch angelangt und läßt sich schwer in einen Stuhl fallen.

Carsten fragt »und, was haben sie gesagt?«

Frank winkt ab, er habe eine schwere Bronchitis, die kurz davorsteht zu einer Lungenentzündung zu werden, wenn er nicht aufpaßt.

»Und wie paßt man darauf auf?« fragt Susanne.

»Man legt sich ins Bett und hört auf zu saufen« antwortet Mika, bevor Frank etwas sagen kann. Sie

72

sieht ihn scharf an und Frank, der den Mund geöffnet hat, um zu antworten, schweigt und fällt in seinem Stuhl zusammen.

Mika steht auf und sagt in die Runde »ich fahre jetzt noch mal los, die Medikamente holen.«

Susanne sagt »warte, ich komme mit«, springt auf und beide gehen wie verabredet hinaus.

Ich bleibe mit Carsten und Frank zurück. Carsten nimmt sein Frühstück wieder auf und ißt seinen Eibrei, während Frank ihm abwesend zusieht.

Ich sitze schon viel zu lange an diesem Tisch und stehe auf und verabschiede mich. Beim Hinausgehen fällt mir auf, daß der Kellner meine Suppe nicht gebracht hat.

Bald darauf kommt Carsten an den Strand und breitet sein Handtuch neben mir aus. Ich frage ihn nach Frank. Der sei auf sein Zimmer gegangen, sagt Carsten, um zu schlafen, nachdem er ihn davon abgehalten habe, sich trotz Fieber an den Strand zu legen.

Ich war in der Sonne eingeschlafen, was mir noch nie passiert ist. Ich bin alleine, die Sonne steht hoch und ich gehe ins Wasser, obwohl sich alles dreht. Ich tauche tief hinunter, wo das Wasser kalt ist. Ich schwimme eine ganze Weile, bis mir wieder schwindelig wird, und mir fällt ein, daß ich noch nichts gegessen habe.

Im Restaurant sitzen Susanne und Carsten mit ernsten Gesichtern und unterhalten sich. Vor ihnen steht eine große Flasche Bier. Sie sind so sehr in das Gespräch vertieft, daß ich sie nicht stören möchte. Susanne bemerkt mich und winkt mir zu. Carsten sieht verärgert aus. Ich habe den Eindruck, daß es Susanne gelegen kommt, durch meine Anwesenheit das Gespräch zu beenden.

Noch bevor ich den Tisch erreicht habe und mich setze, steht Carsten auf und geht, dabei winkt er mir zu und lächelt fröhlich, wie immer. Er hebt die Arme über den Kopf und legt zwei Finger über Kreuz. Ich lache zurück und nicke zustimmend, darauf streckt er beide Daumen in die Luft. Von Susanne hat er sich nicht verabschiedet. Ich sehe Carsten hinterher, er humpelt immer noch ein wenig.

»Habt ihr euch gestritten?« frage ich Susanne, als ich mich setze.

Susanne verdreht die Augen und sagt »laß uns über etwas anderes reden.«

Anfangs hatte ich Susanne und Carsten für ein Liebespaar gehalten, weil sie so zärtlich und innig miteinander waren. Carsten ist stets besorgt um Susanne, und wenn sie müde ist, geht er meistens mit ihr zusammen oder er begleitet sie auf ihr Zimmer und kommt wieder zurück. Carsten bemüht sich mit vollendeter Aufmerksamkeit um Susanne.

Susanne behandelte ihn zwar auch innig und vertraulich, aber mehr wie einen Bruder, deshalb schloß ich ein Liebesverhältnis bald aus, noch dazu, weil die beiden sich offensichtlich schon lange kennen.

Carsten behandelt alle Frauen mit dieser Mischung aus Verehrung und Vertraulichkeit, sogar mich, die er kaum kannte, nahm er schon nach wenigen Tagen überschwenglich in den Arm und küßte mich, wann immer er mich sah.

Genaugenommen hatte ich Carsten wegen seines weibischen Körpers und seiner ausgeprägten Putzsucht für homosexuell gehalten, aber das ist auszuschließen, weil sich seine Aufmerksamkeit ausschließlich auf Frauen richtet.

Egal, worüber man sich mit Carsten unterhält, das Gespräch endet immer bei den Frauen. Nicht einfach Frauen, sondern schöne Frauen; die schönsten Frauen. Schönheit ist das ausschließliche Attribut an Frauen, das Carstens Interesse findet und seine tiefste Verehrung. Carsten bewundert und beneidet schöne Frauen um ihre Schönheit, und mit den übrigen Frauen verbindet ihn eine tiefe Solidarität, das höchste aller Ziele, die absolute Schönheit, nie erreichen zu können.

Da Carsten ein durch und durch ästhetischer Mensch ist, der allen Wert auf gutes Aussehen und beste Kleidung legt, fühlt er sich den Frauen mehr verbunden als den Männern, deren Interessen meist anders gelagert sind. Sein ästhetisches Empfinden schließt es aber vollends aus, mit etwas anderem als einer schönen Frau intimen Kontakt zu haben – und erst recht mit einem Mann.

Der weibliche Körper und die weibliche Schönheit sind Carstens ästhetisches Ideal. Deshalb ist Carsten, wollte man ihm Homosexualität unterstellen, eher lesbisch als schwul. Ich habe noch keinen Mann erlebt, der gleichzeitig so sehr Mann sein will und dabei durch und durch Frau ist.

Diese Eigenschaft ist die Grundlage zahlreicher Scherze, die auf Carstens Kosten gemacht werden und sich häufig wiederholen. Was Carsten allerdings nicht verstimmt, sondern zu meinem Erstaunen große Freude bereitet. Oft provoziert er diese Scherze sogar, so wie er sich bei jedem Auftritt dreht und wendet, die Arme ausbreitet und ruft: »Sehe ich nicht hübsch aus?« was die anderen je nach Stimmungslage und Laune zu lautem Gegröle herausfordert oder zu mitleidigem Stöhnen oder nicht selten zu derben Späßen.

Carsten bereitet jede Reaktion die gleiche Freude. Nicht einmal die bösartigsten Kommentare können ihn verstimmen; auf jede Reaktion hat er eine Antwort; ein Spiel, von dem er nie genug kriegen kann, auch nicht in der achtzigsten Wiederholung.

Seine Freude provoziert die Freunde zu den bösartigsten Bemerkungen, mit dem Ziel ihn zu verstimmen und dem Spiel ein Ende zu setzen, aber jede

Form von Reaktion bedeutet für ihn Zustimmung und treibt ihn noch weiter voran.

Carsten zu verstimmen ist nicht leicht, und ich habe es in diesen Tagen noch kein einziges Mal erlebt, daß er aus der Reihe gefallen wäre. Es scheint unmöglich Carsten zu beleidigen. Auf jeden groben Scherz weiß er eine noch derbere Antwort, und es macht ihm am meisten Freude, selbst immer gröber und derber zu werden und im Fäkalwortschatz zu wühlen.

So wichtig Carsten ein gepflegtes Äußeres ist, so wenig Wert legt er auf eine anständige Wortwahl. Keiner kennt so viele Witze und Ausdrücke aus dem Anal- und Fäkalbereich wie Carsten, außer Frank, und beide nutzen jede Gelegenheit, um aus ihr einen Anal- oder Fäkalwitz zu machen.

Das kann manchmal durchaus lustig sein, wird aber in zunehmendem Maße und mit zunehmender Betrunkenheit der beiden unerträglich und ich habe schon manches Mal den Tisch verlassen, mit der Folge, daß mir der bereits schwer betrunkene Frank »du verklemmte prüde Votze« in dem vollbesetzten Lokal hinterherschrie, »du kneifst doch deinen Arsch schon zusammen, wenn du nur einen Regenwurm siehst«, worauf ihm dieses eine Mal sogar Mika den Mund zuhielt und ihn zur Ruhe zwang.

Am nächsten Tag hatte er sich bei mir entschuldigt, was noch nie vorgekommen war, obwohl er

meistens guten Grund gehabt hätte, sich zu entschuldigen, nicht nur bei mir, sondern auch bei den
anderen; allen voran bei Mika, die von ihm immer
am gröbsten beschimpft wurde.

So ergeben Frank ihr sonst ist, so ausfallend wird
er gegen sie, wenn er betrunken ist, was sie ohne mit
der Wimper zu zucken ignoriert und ihm dann zehn
Minuten später über den Kopf streicht, wenn er erschöpft in ihrem Schoß liegt.

Von einer Minute auf die andere schlägt das um.
In der einen Minute ist er noch lustig und charmant,
macht Mika Komplimente und umwirbt sie, und
in der nächsten Minute beginnt er sie zu beschimpfen.

Mikas Reaktion ist die einer gelassenen Mutter
ihrem trotzigen Kind gegenüber, die weiß, daß der
Anfall bald vorbei sein wird und daß sie durch ihr
Eingreifen alles nur schlimmer macht und das Ende
unnötig herauszögert.

Ich bestelle mir Huhn mit Reis. Susanne ißt
nichts, trinkt nur ein großes Bier. Sie sieht abwesend
und verärgert aus. Ich frage sie noch einmal, ob sie
sich mit Carsten gestritten hat. Sie leert das Glas in
einem Zug und bestellt gleich darauf ein neues.

Sie sagt, Carsten sei am Ende, längst ein Wrack,
und er will es nicht wahrhaben.

Nie wäre ich auf die Idee gekommen, daß Carsten

ein Wrack ist. Ich kenne kaum einen fröhlicheren und ausgeglicheneren Menschen als Carsten.

Das sei es ja eben, daß jeder so denkt und ihm keiner was sagt; sie wäre die einzige, weil sie als einzige weiß, daß Carsten immer voller Pillen ist. Schon morgens, vor dem Aufstehen, schmeißt er seine Pillen ein, anders könne er das Leben gar nicht aushalten. Einen Carsten ohne Pillen hätte noch keiner seiner Freunde erlebt. Alle würden immer nur denken, der Carsten hat sein Leben im Griff wie kaum einer sonst. Allen geht es schlecht, nur Carsten geht es immer gut.

Natürlich wissen die auch, daß Carsten gerne Pillen schluckt, nur nicht, daß er immer voller Pillen ist, auch wenn sie denken, daß er nüchtern sei.

Einmal hatte er sich bei Susanne versteckt und beschlossen keine Pillen und auch sonst nichts mehr zu nehmen. Seine Freundin hatte ihn verlassen und er wollte ein besserer Mensch werden, damit sie wieder zu ihm zurückkam. Eine Woche lang lag er auf Susannes Sofa und starrte an die Decke. Ein Gespräch mit ihm war unmöglich, sagte Susanne, es war, als wäre er gar nicht da. Eine weitere Woche lag er vor dem Fernseher. Von morgens bis nachts, und dann verabschiedete er sich und sagte, es ginge ihm schon viel besser, Susanne hätte ihm sehr geholfen.

Nicht ein einziges Gespräch mit ihm sei möglich gewesen, sagt Susanne. Jeder Versuch ihm zu helfen, wäre an ihm abgeprallt. Es sei unmöglich, sich mit Carsten ernsthaft zu unterhalten, und schon gar nicht über ihn.

Nach jenen zwei Wochen ist er nach Hause gegangen und von da an wurde es immer schlimmer. Man sah Carsten nur noch lachen und feiern. Sein Leben war von morgens bis morgens eine einzige Party.

»Schau mich an« sagte Carsten, wenn Susanne ihn darauf ansprach, »ich verdiene mehr Geld als ihr, ich habe mehr Spaß als ihr alle zusammen, was soll an meinem Leben falsch sein?« Die Freundin kam nicht mehr zurück.

»Ich kann das nicht mehr länger mit ansehen, wenn er nachts schwitzend im Bett liegt und kaum noch atmet« sagt Susanne. »Wenn er morgens, kaum ist er wach, in seiner Pillentüte kramt. Dann sagt er: ›soll ich mich auch in die Ecke setzen und den ganzen Tag jammern, wie du? Soll das das richtige Leben sein? Da verzichte ich gerne.‹«

»Und Frank?« frage ich.

»Frank frißt alles, was Carsten ihm in den Mund steckt, und macht alles, was Mika ihm sagt; das einzige, was der selbständig halten kann, ist sein Glas« sagt Susanne und leert ihr Glas. »Wollen wir los?« fragt sie mich.

»Gerne« nicke ich und stopfe mir das restliche Essen in den Mund.

Auf dem Weg zum Strand steigt plötzlich, von einem Moment auf den anderen, eine starke Übelkeit in mir auf und ich muß mich übergeben. Ich grabe das Erbrochene im Sand ein. Für einen Moment geht es mir wieder besser, aber dann spüre ich die Übelkeit wieder hochkommen, dazu krampfartige Magenschmerzen. Ich laufe so schnell es mir möglich ist zurück auf mein Zimmer und schaffe es gerade noch, mich dort in die Kloschüssel zu erbrechen. Da ich in den letzten Tagen keinen Fisch gegessen habe, bin ich nicht ernsthaft besorgt über meinen Zustand. Zu der Übelkeit mit Erbrechen kommt auch noch ein Durchfall und ich verbringe den Rest des Tages mehr oder weniger auf der Toilette, wo ich irgendwann erschöpft auf dem Boden einschlafe, weil ich nicht mehr die Kraft habe, mich in mein Bett hinüberzuschleppen, und auch das Risiko nicht eingehen will, es nicht mehr zurück zu schaffen. Das einzige, was ich noch dachte, war, daß ich vertrocknen könnte.

Irgendwann waren Mika und Susanne gekommen und haben mich in mein Bett gelegt. Mika gab mir Medikamente aus ihrer großen Tasche, daraufhin ging es mir bald besser. Sie versorgte mich mit Tee und Medizin und rannte zwischen Frank und mir und Susanne hin und her, die es auch erwischt hatte.

Mika war nun tatsächlich so etwas wie eine Krankenschwester geworden und sie machte das hervorragend. Auch Carsten kam oft vorbei und führte mir seine Kleider vor und erzählte mir lustige Geschichten. Nach zwei Tagen war ich wieder auf den Beinen, Susanne schon nach einem, nur Franks Fieber war unverändert hoch.

Mika ist besorgt. Sie sitzt auf meinem Bett und sagt, sie mache sich ernsthaft Sorgen. Frank ginge es von Tag zu Tag schlechter. Seit Tagen das hohe Fieber, über vierzig Grad.

Als Kind hatten sie einen Herzfehler bei ihm festgestellt. Keinen schweren, nur eine Ausbuchtung der Aorta, aber seine Mutter hatte ihn aus Sorge von der Schule genommen. Er durfte keinen Sport treiben, nicht einmal rennen, und bekam einen Hauslehrer. Seine ganze Kindheit und Jugend über mußte er sich schonen.

Das ist der Grund, sagt Mika, daß Frank heute immer maßlos ist in allem, was er tut, weil er sich sein Leben lang zurückhalten mußte. Deshalb übertreibt er immer alles, um sich zu beweisen, daß er am Leben ist, und deshalb ist ihm Maß und Zurückhaltung das größte Greuel. Das müsse man wissen, um Frank zu verstehen, der selbst in seinem Fieber maßlos ist.

Mika sagt, das sei immer so, wenn Frank krank wird. Jede Krankheit sei eine maßlose Übertreibung, angefangen beim Fieber, das nie unter vierzig Grad liegt. Das gibt es gar nicht, daß Frank nur ein bißchen krank ist. Aber so krank hätte sie ihn noch nie erlebt und solange sie nicht weiß, was er hat, läßt ihr das keine Ruhe.

Ich beruhige Mika. Es wird das beste sein Frank in ein Krankenhaus zu bringen.

Obwohl die Fenster geöffnet sind, steht die Luft im Raum. Frank liegt mit dem Gesicht zur Wand und hat sich so weit aufgedeckt, daß mir sein weißer nackter Arsch entgegenleuchtet. Ich schleiche mich leise wieder aus dem Zimmer, aber er muß mich gehört haben. »Mika?« sagt er und dreht sich um.

»Nein, ich bins nur« sage ich.

Frank sieht mich an, als hätte er mich noch nie gesehen. Er ist bleich und dünn, seine Haare kleben am Kopf, sein Gesicht glänzt vor Schweiß. Es ist ihm gleichgültig, daß er nackt vor mir liegt.

»Wie geht es dir?« frage ich überflüssigerweise.

»Nicht gut« sagt er. Seine Stimme ist so dünn und leise, daß ich ganz nahe an das Bett herantreten und mich über den nackten Frank beugen muß, um ihn zu verstehen.

»Wir fahren dich jetzt in ein Krankenhaus, da werden sie herausfinden, was du hast, und dich ganz schnell gesund machen« sage ich.

»Ach, du bist es« sagt er und zieht jetzt die Decke über sich. »Mika wollte mir etwas zu trinken bringen. Es ist besser, wir gehen.« Frank will aufstehen, ich versuche vergeblich ihn davon abzuhalten. Zitternd und schwitzend steht er vor mir, immer noch nackt, und hält sich am Bettgestell fest. Es fehlt ihm die Kraft sich ohne Hilfe zu bewegen.

»Leg dich wieder hin, Frank« sage ich. »Mika kommt gleich, dann bringen wir dich ins Krankenhaus, aber bleib bitte solange im Bett liegen.«

Frank hört mich nicht und bewegt sich nicht. Ich laufe hinaus, um Mika zu rufen, hinüber in Susannes Zimmer, aber da liegt nur Susanne auf dem Bett, mit geschlossenen Augen. Sie hat Mika nicht gesehen, sie will mir auch nicht helfen und ist verärgert, daß ich sie aus ihrem Mittagsschlaf geweckt habe.

Als ich wieder zurückkomme, ist Mika schon bei Frank. Sie hilft ihm in die Kleider, er hängt an ihrem Hals wie ein kleines Kind. Mika spricht geduldig mit ihm, Frank deliriert in hohem Fieber. Sein Zustand macht mir angst. Mika bleibt kühl und gelassen. Sie gibt mir Anweisungen, die ich gerne befolge. Ich biete ihr an, mit ins Krankenhaus zu fahren, was sie zu meiner Erleichterung ablehnt.

Wir tragen Frank die Treppe hinunter, er hat die Arme um unsere Schultern gelegt, und schleppen ihn zu dem Auto, das Mika gemietet hat, um ihn ins Krankenhaus zu fahren. Carsten ist auch nicht zu sehen. Mika fährt los, Frank liegt auf der Rückbank; nach einigen Metern bleibt sie stehen und steigt aus. Ich laufe ihr entgegen. Sie gibt mir ihren Zimmerschlüssel und sagt »falls irgendwas ist.«

Ich nehme den Schlüssel und nicke. »Mach dir keine Sorgen« sage ich, »wird schon gutgehen.« Ich denke für einen Moment darüber nach, daß man sagt ›wird schon schiefgehen‹, und daß die Lage zu ernst ist, um so einen dummen Spruch zu machen.

Mika geht einen Schritt auf mich zu und umarmt mich. »Danke« sagt sie. Ihr T-Shirt klebt an ihrem Rücken. Noch nie habe ich gesehen, daß Mika schwitzt. Während mir ständig der Schweiß herunterläuft, sieht Mika immer tadellos aus. Nie hat sie Schwitzflecken unter den Armen, nie glänzt ihr Gesicht vor Schweiß.

Mika steigt in das Auto und fährt los, ohne sich noch einmal umzudrehen. Ich stehe im Staub und sehe ihr hinterher, bis der Wagen verschwunden ist. Ich hebe den Arm, um zu winken, laß es dann aber bleiben, weil mir ein fröhliches Winken in dieser Situation wenig angemessen erscheint. Der Schweiß läuft mir herunter. Ich beschließe schwimmen zu gehen, das erscheint mir das Sinnvollste, was ich jetzt tun kann.

Carsten liegt am Strand. Er ist in der Sonne eingeschlafen. Sein Kopf ist rot, deshalb wecke ich ihn. Ich sage ihm, daß Mika mit Frank ins Krankenhaus gefahren ist, und berichte besorgt von Franks Zustand, aber Carsten gähnt nur und meint gelassen »der wird schon wieder«, wahrscheinlich das Dengue-Fieber, einen Freund von ihm hätte es auch einmal erwischt, der dachte, jeder Knochen im Körper sei gebrochen, unerträgliche Schmerzen und immer Fieber bis zum Anschlag; nach sieben Tagen war es vorbei.

»Das ist doch schlimm« sage ich.

»Ja, aber es bringt dich nicht um« lacht Carsten und rennt ins Wasser.

Mika wüßte gar nicht, was sie tun solle, wenn Frank einmal nicht krank werden würde auf einer Reise, meint Carsten, als er wieder zurückkommt. Er trocknet sich sorgfältig ab, schüttelt seine Matte aus, dann das Handtuch, breitet es über der Matte aus und legt sich auf den Rücken. Dabei achtet er darauf, daß kein Sandkorn auf seiner Unterlage liegt.

Carsten verwendet immer sehr viel Mühe auf die Gestaltung seines Liegeplatzes. Er legt sich nicht einfach in den Sand, sondern gräbt zuerst eine Kuhle mit dem Körper, ergonomisch seinem Rücken angepaßt, und schüttet anschließend einen kleinen Sandberg auf, der ihm als Kopfstütze dient und genau den richtigen Steigungswinkel hat, um ein Buch zu lesen; was er nie tut. Darüber breitet er dann seine Strandmatte aus und darauf ein immer frisches, großes flauschiges Handtuch.

Carsten hat mir einmal lange erklärt, wenn ich mein Handtuch in den Sand lege und mich anschließend damit abtrockne, würden danach Millionen Sandkörnchen an meinem Körper kleben und das

Handtuch wäre noch viel sandiger, weil es dann naß wäre, wenn ich mich wieder drauflege und den Sand bekäme man nie mehr vollständig aus dem flauschigen Frotteegewebe heraus.

Carsten schüttelt auch immer minutenlang mit festen Bewegungen das Handtuch aus, bevor er es wieder sorgfältig zusammenrollt. Ich hatte ihm damals geantwortet, mir sei das völlig egal, ob Sandkörner an meinem Körper klebten nach dem Abtrocknen; sich an einem Sandstrand sandfrei zu halten schiene mir ein absurdes Vorhaben, und Handtücher kann man waschen. Außerdem benutze ich ausschließlich Hotelhandtücher, die wurden sowieso täglich gewaschen. Carsten sah mich an, als hätte ich ihm gesagt, ich würde mich nur dreimal die Woche duschen, was für Carsten einer Totalverwahrlosung gleichkommt.

Carsten hat zum Baden am Strand immer sein riesiges Handtuch, das so groß und flauschig wie ein Teppich ist. Die Hotelhandtücher benutzt er ausschließlich im Bad, wo es keiner sieht. Am Strand auf einem Hotelhandtuch zu liegen – es ist ein sehr einfaches Hotel, die Handtücher also auch entsprechend – wäre für Carsten das gleiche, wie mit einer geliehenen Hotelbadehose zu baden.

Ich bin mir sogar sicher, daß Carsten sich auch im Bad ausschließlich mit seinen eigenen Handtüchern abtrocknet, anstatt mit den schon von Tausenden – möglicherweise hautkranken – Menschen benutzten

und mit größter Wahrscheinlichkeit nicht ausge-
kochten Hotelhandtüchern.

Carsten holt diverse Sonnenschutzmittel aus seiner
Tasche. Eines für den Körper, das man aufsprühen
kann, eine Creme für das Gesicht und den Kopf und
eine andere, mit höherem Lichtschutzfaktor, speziell
für die Augenpartie, die besonders empfindlich ist.

Nach jedem Schwimmen unternimmt er die gleiche Prozedur. Dann legt er sich mit ausgebreiteten
Armen und gespreizten Fingern in die Sonne und
schließt die Augen. Um zu jeder Tageszeit im opti-
malen Sonnenwinkel zu liegen hat Carsten sich drei
verschiedene Liegeplätze gebaut.

Ich gehe schwimmen. Als ich zurückkomme, liegt
Susanne neben Carsten im Sand und sie reden und
lachen, als wäre nie etwas gewesen.

Susanne ist bester Laune. »Und?« fragt sie mich.
»Fahren wir noch in die Stadt?« Ich verstehe nicht.
»Zur Pediküre.« Ich ziehe mein Handtuch unter Su-
sanne hervor, die darauf sitzt, und schüttel es aus, um
mich abzutrocknen. Carsten brüllt empört, weil der
Wind ihm Sand ins Gesicht weht.

»Meinst du nicht, wir sollten auf Mika warten,
schließlich war es ihr Vorschlag« sage ich zu Susanne.

»Wer weiß, wann die wiederkommt, und meine
Füße sehen grauenvoll aus« sagt Susanne und streckt
mir ihre tadellos lackierten Zehen entgegen.

Ich hatte Mika meinen Rucksack geliehen, das fällt mir ein, als ich meine Sachen für den Ausflug packe. Ich gehe hinüber in Franks und Mikas Zimmer, um den Rucksack zu suchen. Der Raum ist dunkel und riecht übel. Ich öffne die Fenster. Hier ist nichts mehr in seiner üblichen freundlichen Ordnung. Das Bett ist abgezogen und auf dem Boden liegt die schmutzige Bettwäsche. Die Schranktür steht offen, Kleider liegen verstreut herum, ein Stuhl ist umgefallen und ein Nachttopf voll Pisse steht auf dem Tisch und stinkt. Ich leere ihn aus, stelle den Stuhl auf, sammle die Kleider vom Boden und hänge sie über den Stuhl. Ich durchwühle Mikas Kleider, steige auf den Stuhl, um auf den Schrank zu sehen, öffne sogar die leeren Koffer und bekomme dabei ein schlechtes Gewissen. Dann muß ich pinkeln und dabei entdecke ich den Rucksack, der an einem Haken an der Badezimmertür hängt, was ich nicht sehen konnte, weil die Tür offen stand.

Obwohl ich alleine im Zimmer war, habe ich die Tür hinter mir geschlossen, als ich auf die Toilette ging, für den zwar unwahrscheinlichen, aber immerhin möglichen Fall, daß Mika in dem Moment zurückkam, während ich auf ihrem Klo saß. Wenn man auf dem Klo sitzt, schaut man geradewegs auf die Tür. Und da hing der Rucksack neben einem Bademantel am Haken.

Ich muß nicht lange warten, bis ein Pick-up hält. Er ist überladen mit Kindern, die sich in sauberen Schuluniformen auf den schmalen Bänken drängen.

Da kein Sitzplatz mehr frei ist, stelle ich mich neben einen alten Mann auf das Trittbrett und halte mich an der Stange fest, die am Dach des Wagens angebracht ist.

Die Kinder singen ein Lied und der Wagen fährt los. Er biegt zur Schule ab, ein Polizist steht auf der Straße und lenkt das Verkehrsgewimmel. Tausend Kinder laufen in Schuluniformen auf der Straße, stehen an den Süßigkeitenständen, schwatzen, kauen Bonbons und schreien sich zu.

Auf dem Schulhof noch mehr Gewimmel, dann erklingt ein Gong und wie durch ein Wunder ordnet sich das Durcheinander und plötzlich stehen alle Kinder in einer Reihe, nach Größen und Farben sortiert, und halten sich an den Händen. Die kleinsten tragen rote Hosen oder Röcke, dann grün, dann blau, dann braun; alle tragen weiße Hemden.

Sie stimmen ein Lied an und verschwinden singend in einem weißen flachen Gebäude.

Der Platz ist leergefegt, der Wind wirbelt bunte Bonbonpapiere herum, der Pick-up wendet hart und rast auf der leeren holprigen Straße zurück. Ich bin jetzt der einzige Fahrgast. Am Ende der Straße steigt eine Frau zu, die zwei Hähne unter ihren Armen festklemmt. Sie hat ihnen die Beine und die Schnäbel zusammengebunden. Obwohl jetzt genug Platz im Inneren des Wagens ist, bleibe ich außen auf dem Trittbrett stehen. Ich halte mein Gesicht in den Fahrtwind und atme die brandige feuchte Luft ein. Wir fahren durch die Stadt, am Markt vorbei, und im Vorbeifahren ist mir, als hätte ich Susannes geblümtes Kleid in einem der Straßenrestaurants gesehen.

Das Krankenhaus liegt am anderen Ende der Insel. Das ist nicht weit, aber ich muß umsteigen, da die Pick-ups immer nur die halbe Insel umrunden. Die Frau mit den Hähnen steigt auch mit mir aus. Die Sonne steht jetzt hoch und brennt unerträglich auf uns herunter. Wir stehen an der staubigsten Stelle der Straße. Kein Baum, der Schatten spendet. Durst quält mich und ich ärgere mich, daß ich neben all dem unnützen Zeug, das ich mit mir herumschleppe, keine Wasserflasche mitgenommen habe.

Nach einer ganzen Weile kommt das Auto. Es ist so voll, daß die Menschen hinten auf dem Trittbrett hängen. Es hält gar nicht erst an, sondern fährt laut hupend vorbei und läßt uns im Staub stehen. Meine Zunge klebt in meinem Mund, der Durst ist kaum auszuhalten. Die Frau mit den Hähnen unter den Armen hockt auf dem Boden und blickt stoisch vor sich hin. Ich hocke mich ebenfalls und ergebe mich dem Warten.

Glücklicherweise hält bald darauf ein Wagen. Wir steigen auf, ich helfe der Frau, weil sie ihre Hähne festhalten muß und keine Hand frei hat, um sich auf die Ladefläche hinaufzuziehen. Sie ist leicht wie ein Bananenblatt. Sie nickt mir zum Dank kurz zu, ihr Blick geht an mir vorbei.

Mir gegenüber sitzen zwei Amerikanerinnen, bekleidet mit Bikinioberteilen und Shorts. Die eine ist hübsch und braun. Sie hat langes blondes Haar, das ihr bis zur Taille reicht. Während der Fahrt weht es wie eine Fahne aus dem offenen Auto. Ich stelle mir vor, wie sich das Blondhaar in den Ästen verfängt. Das andere Mädchen ist häßlich. Sie trägt einen großen Verband am linken Bein. Ihre Haut ist von der Sonne gerötet, ihre Schultern sind verbrannt, die Haut löst sich in großen Fetzen, darunter liegt rosa Fleisch. Auch sie hat lange blonde Haare, aber die sind dünn und glanzlos. Die Hübsche spricht ununterbrochen und die Häßliche hört zu und nickt und lacht, wenn die Hübsche lacht.

Ich hätte das Hospital übersehen, wenn die Amerikanerinnen den Wagen nicht angehalten hätten. Während die beiden Mädchen die Straße überqueren und auf das Krankenhaus zu laufen, gehe ich in das kleine Geschäft am Straßenrand und kaufe mir eine Flasche Wasser. Ich trinke sie auf einen Zug halb leer und sehe mich im Laden um. Es ist dunkel, die Läden sind geschlossen, nur durch die Tür fällt Licht und an einigen Stellen der Wände, wo das Holz gebrochen ist. Ein Ventilator dreht sich mit einem lauten Schleifen an der Decke. Trotzdem ist es unerträglich heiß. Eine alte Frau sitzt in der Ecke auf einem Schaukelstuhl und fächert sich Luft zu. Eine junge Frau sitzt auf einem Schemel zu ihren Füßen und schneidet ihr die Zehennägel. Hinter einer hohen Holztheke bedient ein kleiner Junge, der mir das Wechselgeld gewissenhaft vorzählt und die Münzen nebeneinander aufgereiht auf den Tisch legt. Er reicht kaum hinauf. Das Warenangebot ist das übliche: getrockneter Fisch, Bonbons, Waschmittel, Knabbereien in vielen bunten Tüten und Getränke.

Die Frauen, die bisher geschwiegen haben, reden nun leise miteinander. Sie sehen mich an und lächeln freundlich, die junge nickt mit dem Kopf und sagt etwas zu der alten; beide lachen laut und nicken mit dem Kopf. Ich verabschiede mich und trete hinaus ins Sonnenlicht.

Das Krankenhaus ist ein weitgestreckter, gleißend weißer Flachbau. Die gläserne Eingangstür öffnet sich automatisch. Innen umweht mich die eiskalte Luft der Klimaanlage und läßt mich frösteln. Die Klinik ist kaum als Klinik zu erkennen, man könnte denken, man sei in einem Hotel, wären nicht die weißgekleideten Menschen. In der Mitte des Foyers steht ein großes rundes rotes Sofa, der Boden ist aus weißem Stein. Wie im Hotel gibt es eine Rezeption.

Ich kann mich nicht an Franks Nachnamen erinnern. Deshalb frage ich nach einem deutschen Patienten, dessen Frau ›Fuchs‹ heißt. Die Rezeptionistin kennt niemanden mit diesem Namen. Mir bleibt nichts anderes übrig, als nach Frank und Mika zu suchen.

Hinter einer Glastür, die sich ebenfalls automatisch öffnet, liegt der Garten. Er ist menschenleer. Ich laufe über eine kleine Brücke und zur nächsten Glastür wieder hinein. Ich gehe zurück zur Empfangshalle und setze mich auf das rote Sofa. Dort warte ich eine Stunde lang. Es herrscht ein reger Betrieb, aber von Mika und Frank ist nichts zu sehen.

Als ich zurückkomme, finde ich Susanne und Carsten am Strand.

Carsten schläft in einem Liegestuhl im Schatten, sein Mund steht offen. Susanne liegt etwas abseits und liest ein Buch. Sie liegt auf dem Bauch, spreizt die Beine ein wenig und zieht sich die Bikinihose in den Schlitz, um ihre Pobacken zu bräunen. »Kannst du mir bitte den Rücken eincremen« murmelt sie in ihre Achselhöhle. »Biiiieeete …«

Die langen Haare hängen herunter und verdecken ihr Gesicht, sie trägt sie anders als sonst, offen und mit einem Mittelscheitel. Das Bikini-Oberteil hat sie auf dem Rücken geöffnet, die angewinkelten Arme verdecken ihre Brüste. Sie hebt den Kopf und sieht mich an.

»Was gibt's? Was liest du da?« frage ich. Sie legt ihr Buch auf den Bauch und setzt sich auf, dabei hält sie das lose Bikinioberteil mit einer Hand vor der Brust fest, es verrutscht ein wenig.

»Kannst du mir das zubinden?« Der Bikini ist blau mit weißen Sternen und roten Streifen. Ich stehe auf, knie mich hinter ihr in den Sand und binde die Bänder auf ihrem Rücken zu einer Schleife. Susanne fummelt das Oberteil so hin, daß ihre Brüste weitgehend bedeckt sind. Es ist mindestens eine Nummer zu klein.

»Danke«. Sie dreht sich um und kramt aus ihrer Tasche eine Haarspange heraus, die sie zwischen den Zähnen hält, während sie ihre Haare auf dem Hinterkopf zusammendreht.

»Göfrndinakoma.«

»Was?«

Sie nimmt die Haarspange aus dem Mund, antwortet aber nicht gleich, sondern befestigt sie erst am Kopf.

»Girlfriend in a coma« sagt sie und hält mir das Buch hin. »Douglas Coupland.«

Susanne legt sich auf den Rücken, nachdem sie ihre Kleider umständlich zu einem Kopfkissen gerollt hat.

»Was ist mit Frank und Mika?« fragt sie mich, während sie sich das Buch vors Gesicht hält.

»Okay, was wollen wir spielen?« fragt Carsten nach dem Essen. Wir beschließen das ›Deppenspiel‹ zu spielen, das deshalb so heißt, weil jedem ein Zettel auf die Stirn geklebt wird, auf dem steht für alle anderen lesbar der Name einer Person, die von dem Zettelträger erraten werden muß. Wir borgen uns von den Kiffern am Nachbartisch Blättchen aus, drei Stück, und bekommen dafür ihre verschwörerische Anerkennung. Um so größer ist ihr Erstaunen, als sie kurz darauf ihre Blättchen auf unseren Stirnen kleben sehen.

Auf Susannes Stirn steht ›Leni Riefenstahl‹ und Carsten ist ›Gott‹. Was auf meiner Stirn steht, weiß ich nicht, das muß ich erraten. Jeder stellt der Reihe nach Fragen, die nur mit ›Ja‹ oder ›Nein‹ beantwortet werden können, und man darf so lange fragen, bis ein ›Nein‹ kommt, dann ist der nächste dran.

»Gehe ich recht in der Annahme, daß ich nicht weiblich bin?« fragt Susanne.

»Nein. Was soll das, warum fragst du nicht einfach, ob du männlich bist? Carsten ist dran« sage ich. Susanne verzieht beleidigt ihr Gesicht.

Carsten fragt »bin ich männlich?«

»Ja« sagt Susanne.

»Na ja, das kann man nicht so eindeutig beantworten« sage ich. »Ein Jein, weiter.«

»Bin ich berühmt?«

»JA.«

»Sehr?«

»JAAA.«

»Bin ich reich?«

»Nein.«

Ich bin dran. »Bin ich männlich?«

»Ja.«

»Bin ich eine Person des öffentlichen Lebens?«

»Was heißt das?« fragt Carsten.

Wir erklären es ihm.

»Ja.«

»Bin ich ein Entertainer?«

»Nein.« Susanne ist dran.

»Bin ich unter 40?«

»Nein.«

Und so weiter. Ich errate als erste, daß ich Charles Manson bin, und kann meinen Zettel von der Stirn nehmen. Die anderen raten noch eine ganze Weile herum. Carsten kommt nicht von selbst darauf, daß er Gott ist.

Ich bin betrunken und müde und verabschiede mich, um ins Bett zu gehen.

Der Himmel ist klar und voller Sterne. Der Mond ist noch nicht aufgegangen. Ich öffne die Fenster und lasse die warme Abendluft herein. Von unten höre ich leise Musik und eine Frau, die singt. Sie singt sehr schön, eine Männerstimme kommt dazu, dann ist es wieder still und man hört leises Händeklatschen und Lachen. Die beiden singen wieder weiter. Dazwischen leiser Applaus und fröhliches Lachen, die Luft füllt mein Zimmer mit einem süßen feuchten Geruch.

Ich lausche dem Gesang, bis es still wird und sich die leisen Stimmen und fröhlichen Lacher entfernen. Jetzt steht der Mond am Himmel, voll und rund. Ich stehe auf und trete ans Fenster, atme tief ein und aus, schließe die Augen und laß mir den Mond ins Gesicht scheinen. Ich bin sehr glücklich in diesem Moment.

II

Frank fing an sich zu langweilen. Das merkte ich daran, daß er sich jeden Abend fast bewußtlos trank.

Seit Frank sich langweilte, stritten wir uns. Je mehr er sich langweilte, desto weniger konnte ich ihn ertragen. Ich versuchte meine Abneigung zu ignorieren, ich hatte keine Lust mir die Ferien verderben zu lassen.

An einem Abend machten wir den Fehler zusammen Karten zu spielen. Nur Frank und ich zusammen auf dem Zimmer. Es war heiß, der Ventilator war kaputt, wir lagen nackt auf dem Bett und dösten vor uns hin. Frank hatte noch eine Tüte Chips gefunden, die aßen wir, und dann wußten wir nicht weiter.

Frank ging ins Bad und als er frisch geduscht, noch naß, zurückkam, kroch er mit dem Kopf zwischen meine Beine. Ich war zu träge um mich zu wehren. Seit wir hier waren, hatten wir noch keinen Sex gehabt, deshalb ließ ich ihn machen.

Ich sah auf seinen Kopf zwischen meinen Beinen und bemerkte eine kahle Stelle auf dem Hinterkopf.

Ich hätte ihn gerne darauf hingewiesen, aber das war nicht der richtige Moment.

Frank hatte noch nie besonders gut geleckt, er wußte auch, daß ich nicht gerne von ihm geleckt wurde. Das ärgerte mich. Deshalb wollte ich ihn auf die kahle Stelle an seinem Kopf hinweisen, um der Leckerei ein Ende zu setzen. Mit einer kahlen Stelle am Kopf würde er sich hüten jemals wieder seinen Kopf zwischen irgendwelche Beine zu stecken. Ich amüsierte mich bei dem Gedanken, dem mit einer einzigen Bemerkung für immer ein Ende setzen zu können.

Frank gab sich Mühe. Ich begann mich zu bewegen und preßte mich gegen sein Gesicht. Da hörte er plötzlich auf und hob den Kopf. Er war rot, die Adern auf der Stirn waren hervorgetreten. Sein Gesicht glänzte vor Nässe. Er grinste dumm. Er war stolz, daß es mir gefallen hatte. Er kroch zu mir aufs Bett und begann mich zu küssen. Er blieb auf allen vieren und leckte mit seinem nassen Mösengesicht über meinen Mund. Dann drehte er sich so, daß er über meinem Kopf kniete und sein Schwanz mir ins Gesicht hing. Er war nicht einmal steif. Seinen Kopf versenkte er wieder zwischen meinen Beinen. Ich hätte fast gelacht, wenn es nicht so traurig gewesen wäre. Sein schlaffer Schwanz kam durch die Leckbewegungen zum Schwingen.

Mir kam der Gedanke, daß Frank das alles hier

veranstaltete, weil er genauso wenig Lust auf Sex hatte wie ich. Es war erbärmlich.

Frank hörte auf mich zu lecken. Er blieb noch eine Weile in dieser Stellung und schnaubte mir zwischen die Beine. Dann kam er hoch, hob vorsichtig sein Bein über meinen Kopf und achtete darauf, daß sein schlaffes Glied nicht mein Gesicht streifte, kroch zu mir und sah mich an. Er legte sich neben mich auf den Rücken und sah an die Decke. Ich nahm seine Hand und er drückte meine. Es war so arm. Und gleichzeitig so groß. Ich wollte ihn retten.

So lagen wir eine Weile. Ich spreizte die Beine. Der Saft lief aus mir raus. Ich sah, daß Frank hart wurde. Ich setzte mich auf ihn und rieb seinen Schwanz zwischen meinen nassen Lippen. Ich beugte mich über sein Gesicht, er hatte die Augen geschlossen, und spuckte ihm auf den Mund. Ich fühlte seinen Schwanz zwischen meinen Beinen zucken. Frank packte mich an den Armen und warf mich auf den Rücken. Er hielt mich fest, biß mir in die Brüste, und dann fickten wir schnell und geil, bis wir beide kamen.

Danach spielten wir Karten auf dem Bett.

Meine Liebe zu Frank ist manchmal größer, als ich es ertragen kann. Frank ist der einzige Mensch, dessen Schwächen ich aushalte. Seine Schwächen auszuhalten ist meine Stärke.

Manchmal muß ich ihn hassen und verachten, bis

ich nicht mehr die geringste Liebe für ihn entdecken kann. Ich treibe ihn in ein Verhalten, das es mir unmöglich macht, ihn zu lieben, um mir ein Leben ohne ihn vorstellen zu können. Für alle Fälle. Um meine Liebe aushalten zu können.

Und dann rührt er mich, weil er sterben wird ohne meine Liebe. Dann muß ich diesen erbärmlichen, lächerlichen Mann sofort in die Arme nehmen und liebe ihn noch mehr als zuvor, weil er es mir trotz aller Anstrengungen unmöglich macht, ihn nicht zu lieben.

An jenem Abend hatte ich noch nicht genug, deshalb schlug ich vor Karten zu spielen. Frank ist ein erbärmlicher Spieler. Er kann nicht verlieren und gewinnt nie. Wenn wir mit anderen spielen, reißt er sich zusammen, solange er nicht zu betrunken ist. Zu zweit ist Kartenspielen unerträglich.

Frank ›fand‹ auch noch eine Flasche Whiskey, die er fast alleine austrank, weil ich nicht trinken wollte, und so kam es zu einem häßlichen Streit.

Ich wußte, daß es so kommen würde. Ich hatte ihn provoziert, denn es war der Abend vor meinem Geburtstag. Es war ein dummer und überflüssiger Streit und er verlief, wie unsere Streitereien im allgemeinen verlaufen.

Ich hatte geschummelt und Frank hatte es zu spät gemerkt, als ich schon gewonnen hatte. Er beschwerte sich und ich lachte ihn aus und trug meinen Sieg in unser Buch ein. Wir notieren jedes Spiel nach einem Punktesystem in einem nur dafür vorgesehenen Notizbuch.

Frank hat einen enormen Ehrgeiz, was diesen Wettbewerb angeht. Das einzige, worin er je Ehrgeiz entwickelt hat. Ich nehme an, das ist der Grund, warum wir dieses Heft überhaupt führen. Das war Franks Idee. Mir ist das im Grunde völlig gleichgültig, aber da Frank soviel daran liegt, reizt es mich, zu gewinnen und ihn zu besiegen.

Er riß mir den Stift aus der Hand und schrie mich an, das sei absolut lächerlich, daß ich diese eindeutig erschummelten Punkte jetzt auch noch dreist eintragen würde. Wahrscheinlich seien so gut wie alle meine Punkte erschwindelt, da sei es kein Wunder, daß ich immer vorne liege und Jahr für Jahr gewinne.

Frank ist ein miserabler Spieler. Er hat einfach kein Glück, deshalb spielen wir ausschließlich Mau Mau. Nicht ich wollte das so, sondern Frank, der besessen davon ist, das Glück im Spiel endlich auf seiner Seite zu haben, und je mehr er das will, desto mehr verliert er.

Frank verspielt mühelos Tausende von Mark an einem Abend und seine Verzweiflung darüber bezieht sich ausschließlich auf das fehlende Glück und nicht auf das verlorene Geld.

Aber jedes Pech im Spiel gibt ihm letztendlich die

Hoffnung, daß es jetzt nur mehr bergauf geht. Nach jedem verlorenen Spiel denkt er, jetzt sei das Maß endlich voll, das nächste könne er nur gewinnen.

Die Vergeblichkeit das Glück trotz aller Anstrengungen auf seine Seite zu ziehen, überträgt er auf alle anderen Bereiche des täglichen Lebens, in denen er durchaus etwas erreichen könnte. Frank beginnt mit dem Unmöglichen und da er dabei zwangsläufig scheitert, schließt er jede weitere Anstrengung um Erfolg aus.

Eine Haltung, die mich manchmal rasend macht und deshalb reize ich ihn beim Spiel und bescheiße ihn, damit ich gewinne und er verliert. Dabei wäre es viel klüger ihn gewinnen zu lassen und zu beobachten, was passiert, wenn er glaubt, er habe das Glück gewonnen. Aber er würde sofort wieder zur Spielbank laufen, um seine Ahnung bestätigt zu finden, daß auf Glück nur Pech folgen kann, und alles verlieren, genauso wie er zur Spielbank läuft, weil er fest daran glaubt, nach all dem Pech, das er gehabt hat, nur noch gewinnen zu können – und alles verliert.

Es ist mir auch ein Rätsel, daß Frank IMMER alles verliert, aber das liegt wahrscheinlich daran, daß er ein schlechter Spieler ist und daß er letztendlich nur spielt, um das Geld zu verlieren. Auch wenn er gewinnt, spielt er weiter, bis er alles verloren hat. Frank möchte das Glück gewinnen, wenn er spielt. Endgültig und nichts sonst.

Ich habe Frank alles zu verdanken. Ohne Frank wäre ich nichts, oder das, was ich war, bevor ich Frank traf: nicht viel mehr als ein Nichts.

Frank hatte von seiner Mutter Geld geerbt, das er in zwei Jahren rausgehauen und größtenteils verspielt hat. Er sagte, er könne das Geld seiner Mutter nicht ertragen, und ich müsse ihm helfen, es so schnell wie möglich wieder loszuwerden.

Er machte mir große Geschenke, wir reisten nach Paris und Monte Carlo (Frank sagte, wenn man Geld hat, muß man nach Monte Carlo) und nach Rom. Wir lagen die meiste Zeit nur im Bett herum und ließen uns das Essen aufs Zimmer bringen.

In einem Hotelzimmer einer fremden Stadt zu liegen ohne den Fuß hinauszusetzen ist die einzige Art, wie Liebende reisen sollten, denn so kommen sie nicht in die Gefahr, daß sich die fremde Stadt und die fremden Lebensgewohnheiten zwischen sie schieben und sie sich selbst fremd werden, weil sie sich noch nicht richtig kennen.

Allein das Wissen darum, daß man sich im, sagen wir, 8. Stock eines Hotels in Lissabon, Budapest oder Paris befindet, macht diese Stadt erlebbar. Ein Blick aus dem Fenster, ein Geruch, die Straßengeräusche genügen vollkommen.

Stellt man sich an das Fenster und atmet die Luft ein, lauscht den Geräuschen, beobachtet die Menschen auf der Straße, die immergleiche Straße, über

Tage hinweg, zu jeder Tages- und Nachtzeit, öffnet sich einem die Stadt. Man wird ein Teil von ihr.

Dieses Gefühl verliert sich sofort, sobald man die Straßen betritt, herumirrt, weil man sich nicht auskennt, mit Menschen spricht, die man nicht versteht. Mit jedem Schritt in die Stadt hinein wird einem immer mehr bewußt: Man ist ein Fremder. Und mit der Fremdheit verschließt sich einem das Erleben.

Nicht im Hotelzimmer. Da ist man mittendrin. Die Straße ist vertraut, der Kellner spricht die gleiche Sprache, nach zwei Tagen weiß er, was man zum Frühstück essen möchte, das Bett wird gemacht, das Zimmer aufgeräumt. In diesem Hotelzimmer lieben wir uns und essen zusammen, wir reden und schlafen. Wir führen unser Leben in dieser fremden Stadt weiter, anstatt daß uns die Stadt ihr fremdes Leben vorführt, während wir uns immer fremder werden. Der einzige Ort, an dem man im Ausland gut behandelt wird, ist das Hotel.

Als das Geld alle war, hatten wir plötzlich gar nichts mehr, wie auch zuvor, aber da wir uns inzwischen an das Geld gewöhnt hatten, begannen wir es zu vermissen, und weil wir das Geld so schnell wieder loswerden wollten, hatten wir uns um so schneller daran gewöhnt.

Ich fragte Frank, was er dabei fand, das Geld, das

seine Mutter im Laufe ihres Lebens zusammenge-
spart hatte, in nur zwei Jahren verpraßt zu haben.
Frank meinte, das sei das mindeste, was sie ihm
schuldig war. Seine Mutter habe nichts mühsam ge-
spart. Das Geld kam von reichen Männern, die ihr
ein Vermögen hinterlassen hatten. Sein Erbe war das,
was sie nicht geschafft hatte zu verprassen, obwohl
sie sich größte Mühe gegeben hatte, das noch vor
ihrem Tod zu tun, um ihm nichts zu hinterlassen.

»Was ist das für eine Mutter?« fragte ich, »immerhin warst du doch ihr einziges Kind.« Frank sagte,
daß sie ihn schon als kleines Kind weggegeben habe,
weil er ständig krank war, er hatte Asthma und einen
leichten Herzfehler. Seine Mutter habe das ständige
Gehuste nicht ertragen, auch seine Pflege sei ihr zuviel gewesen, sie wollte reisen und mit ihrem neuen
Mann leben. Der war reich, und so fand sie eine Frau,
die kinderlos und alleinstehend war (darauf legte
Franks Mutter großen Wert) und gab ihr Geld, damit sie Frank pflegen und erziehen konnte. Gelegentlich kam sie vorbei und brachte ihm Souvenirs
mit von ihren Reisen, lauter unsinniges Zeug wie be-
druckte Stoffservietten, Muschellampen oder ge-
schnitzte Holzlöffel, mit denen ein Kind nichts an-
fangen kann.

Die Frau, die ihn aufgezogen hatte, sei seine ei-
gentliche Mutter, die hätte er sehr geliebt, nur sei sie
schon vor sieben Jahren gestorben, sagte Frank. Sei-

ne Mutter wäre wahrscheinlich 100 geworden, wenn sie sich nicht totgesoffen hätte, denn das war der Grund für ihren Tod.

Ich fragte Frank, warum er sich dann um seine Mutter gekümmert hätte, als sie starb, wo sie sich doch auch nie um ihn gekümmert habe. Er sagte, immerhin sei sie seine Mutter gewesen und habe ihn (unter Schmerzen) geboren und neun Monate lang ausgetragen und weitere zwei Jahre für ihn gesorgt, da sei es doch seine mindeste Pflicht sich drei Monate um sie zu kümmern, wenn sie stirbt.

Frank sagte, ihm sei das egal, ob wir viel Geld hätten oder nicht. Dabei verhielt er sich aber weiter so, als hätten wir Geld, und machte Schulden, die sehr schnell immer mehr wurden. Da ihn die Schulden genausowenig kümmerten und ich wußte, daß er sich nie um Geld kümmern würde, es aber als selbstverständlich voraussetzte, daß Geld zur Verfügung stand, beschloß ich, dafür zu sorgen, daß wir weiterhin Geld hatten. Zumindest für die nächsten zwei Jahre, denn für die letzten zwei hatte Frank das getan, auch wenn er nicht viel dazu tun mußte (abgesehen von den drei Monaten, während der er seine sterbende Mutter betreute).

Also beschloß ich zu arbeiten, das war auch für mich neu. Nicht irgendeine Arbeit, um Geld zu verdienen, denn damit ließ sich nicht viel verdienen, und der Aufwand war zu hoch, sondern eine Arbeit, die längerfristig gesehen (so schätzte ich unsere Geldknappheit ein) in jeder Richtung sinnvoll sein sollte. Ich wollte meine Zeit nicht verschwenden.

Somit war ich zwangsläufig in eine Lage geraten, die mir unter anderen Umständen nicht in den Sinn gekommen wäre. Und wäre Frank nicht gewesen und unsere dauernde Geldknappheit, säße ich jetzt nicht an dieser Stelle und würde diese Arbeit machen. Und ich kann mir keine bessere vorstellen.

Frank beschwerte sich manchmal, daß wir uns zu wenig sehen. Wenn ich arbeitete, blieb er meistens den ganzen Tag zu Hause. Ich weiß nicht, was er macht, aber er scheint zufrieden. Er sagte, er will nicht alleine ausgehen, ohne mich, deshalb sei er gerne zu Hause. Ich glaube, zu zweit hätten wir das nicht ausgehalten, das Nichtstun. Frank vielleicht, aber ich nicht. Deshalb gehe ich gerne täglich aus dem Haus und es stört mich nicht, daß ich das ganze Geld verdiene und Frank gar nichts. Ihn stört es genauso wenig und wenn er das Geld verdienen würde, würde er es genauso sehen.

Geld ist Frank lästig, er gibt es geradezu panisch aus, wie etwas Gefährliches, Bedrohliches, das man schnell wieder loswerden muß. Deshalb ist es gut, daß ich Geld habe und nicht Frank, denn so muß er es nicht ausgeben und kann sich entspannen, weil er keins hat.

Zu meinem Geld hat er ein ganz normales Verhältnis. Nämlich gar keins. Wenn Frank Geld hätte, müßte er sich die ganze Zeit anstrengen mehr Geld rauszuhauen, als er verdient, und je mehr er verdient, desto mehr haut er raus, es würde also keine Rolle spielen, wieviel er verdient. Damit wären wir kaum besser dran als vorher, denn wenn Frank das Geld raushaut, dann am liebsten so, daß man keinen Nutzen davon hat. Meistens verliert er es beim Spielen.

Frank weiß, daß es für ihn keinen Sinn machen würde jemals zu arbeiten um Geld zu verdienen. Dafür freut er sich jedesmal, wenn ich ihn zum Essen einlade, seine Schallplatten bezahle oder seine Bücher, ihm etwas zum Anziehen kaufe und alles sonst, denn ich muß ja alles bezahlen, was Frank braucht.

Er sagt, alles, was er sich noch so sehr wünscht oder noch so sehr braucht, sei für ihn wertlos, sobald er es bezahlen muß. Mit Geld bezahlte Dinge seien genausowenig wert wie das Geld, das sie kosten, und er könne sich ausschließlich an Geschenken freuen. An diesen dafür aber um so mehr.

Wenn Frank etwas haben will, dann trägt er diesen Wunsch erst tagelang mit sich herum. Egal, ob es sich um Unterhosen oder eine Stereoanlage handelt (im allgemeinen ist er in seinen Wünschen bescheiden), bittet er mich, dies für ihn zu kaufen. Er beschreibt mir genau, was, wo, in welcher Ausführung, zu welchem Preis. Das weiß er, weil er es vorher schon etliche Male angesehen und ausprobiert hat, bevor er sich entschlossen hat, den Wunsch bei mir zu äußern. Er will nie selbst dabeisein während des Kaufs, er will auch kein Geld von mir, damit er es sich selbst kaufen kann. Ich muß ihm das Gewünschte ÜBERRASCHEND mitbringen, auch das ist eine Bedingung.

Es gibt auch Wünsche, die er nicht wagt hervorzubringen, weil sie zu aufwendig oder teuer sind. Aus Rücksicht auf mich versucht er sogar sie vor mir zu verbergen. Zum Beispiel, als er mir freudestrahlend die neue Vespa eines Freundes vorführte. Da wurde er sofort ernst und hat abgewiegelt: nein, für ihn sei das nichts ... sowieso meistens zu kalt. Ich schenkte ihm die Vespa zum Geburtstag und hätte ihn nicht glücklicher machen können. Solche aufwendigen Geschenke mache ich ihm allerdings (und ausschließlich) auch im eigenen Interesse. Dinge, die ich mir selbst nicht leiste, die mir aber unter dem Vorwand eines Geschenks indirekt doch zukommen.

Das Buch, in das wir unsere Spielergebnisse eintragen, ist auch ein Geschenk von mir. Ich habe es Frank aus London mitgebracht. Es ist ein kleines, sauteures Notizbuch mit rotem Ledereinband und hauchdünnen Blättern mit Goldrand. Frank trägt es immer bei sich, obwohl nur unsere Spielergebnisse darin stehen, die Frank fein säuberlich einträgt mit dem kleinen goldenen Kugelschreiber, der zu dem

Notizbuch gehört. Er benutzt es nicht einmal als Adreßbuch, obwohl es dafür vorgesehene Seiten hat.

Ich wußte, wie sehr ihn das ärgern würde, und habe meine erschummelte Punktezahl mit meiner schlampigen großen Schrift in das Heft eingetragen. Unter Franks kleinen, sauberen Zahlenreihen, in denen eine Ziffer unter der anderen sitzt. Ich habe noch dazu einen anderen Stift benutzt, denn Frank achtet darauf seine Einträge ausschließlich mit dem dafür vorgesehenen kleinen goldenen Kugelschreiber zu machen, um ein einheitliches Schriftbild zu wahren. Weil ich wußte, wieviel Wert er drauf legt, habe ich meine Punkte mit einem billigen, schmierigen blauen Kugelschreiber hineingeschrieben. Nur um ihn zu ärgern. Es tat mir in diesem Moment selbst leid, seine schönen Zahlenreihen in dem hübschen Notizbuch zu versauen. Aber der Ärger war es mir wert. Ich hätte ihn in diesem Moment nicht mehr treffen können. Selbst wenn ich das Notizbuch zerrissen hätte, hätte ihm das weniger ausgemacht.

Frank war fassungslos. Er konnte nicht glauben, daß ich das getan hatte. Ich sah, wie er überlegte, was er machen könne. Er war gar nicht wütend auf mich, wie ich gehofft hatte. Er sah mich nicht einmal an, sondern starrte nur in sein Buch. Dann nahm er den kleinen goldenen Kugelschreiber, zog ein gerades Kästchen um die Ränder meines Eintrags und begann es säuberlich auszustricheln, bis ein schwarzer

Balken übrigblieb. Der drückte sich allerdings durch das dünne Papier durch, was ihm noch weniger gefiel. Frank stand auf, immer noch, ohne mich zu beachten, suchte etwas, kam mit seinem Skalpell zurück und trennte die Seite säuberlich heraus. Dann setzte er sich an den Tisch und trug die Zahlenreihen, die auf der herausgetrennten Seite standen, nach. Das war eine ganze Menge, da die Rückseite auch beschrieben war. Frank sah sehr zufrieden aus, als er das tat. Zufrieden mit sich, so eine feine Lösung gefunden zu haben.

Ich war um so wütender, da ich mit meiner Provokation nichts erreicht hatte. Schließlich hatte sie mich Überwindung gekostet und die Anstrengung war jetzt umsonst. Gleichzeitig war ich auch froh, daß Frank eine Lösung gefunden hatte, meinen häßlichen Eintrag zu entfernen. Ich hatte sogar die ganze Zeit über gehofft, es würde ihm gelingen. Schließlich fühlte ich auch eine Verantwortung gegenüber diesem Buch, weil ich es ihm geschenkt hatte und wußte, was es gekostet hatte.

Ich war wütend, weil Frank nicht wütend war, und jetzt, da alles wiederhergestellt war, war ich um so wütender.

Hätte Frank getobt und geweint, weil ich sein heiliges Notizbuch zerstört habe, hätte ich ihn nach einiger Zeit getröstet und mit ihm gemeinsam eine Lösung gefunden. Das hätte uns verbunden und versöhnt und danach hätten wir uns geliebt.

Diese Möglichkeit gab es nun nicht, weil Frank die Spielregeln nicht eingehalten hatte. Frank hatte es unmöglich gemacht, daß wir uns wieder versöhnen. Obwohl er schuld hatte, blieb es an mir hängen, einzulenken und einen Weg heraus zu finden. Was in meiner Wut unmöglich war. Da fiel mir mein Geburtstag ein.

An meinen Geburtstagen störte es mich, daß Frank kein Geld hatte. Ich wußte, wenn er mir etwas schenken wollte, machte er Schulden, die ich anschließend zurückzahlen mußte. Auch wenn es mir sonst nichts ausmachte, ärgerte es mich an diesem Tag – einmal im Jahr –, daß Frank es nicht fertigbrachte, wenigstens einmal im Jahr für mein Geburtstagsgeschenk Geld aufzutreiben. Das kam ihm gar nicht in den Sinn. Viel mehr lag ihm an einem idiotischen Mau Mau Spiel und einem bescheuerten Taschenkalender, der noch dazu ein GESCHENK von MIR an ihn war. Er, der selbst soviel Wert auf Geschenke legt, sollte das wissen. Nun hatte ich einen Grund mein Schuldgefühl umzudrehen und Frank einen Vorwurf zu machen.

Also sagte ich das Unvermeidbare: »meine Güte, wenn du dich um alles so sorgen und kümmern würdest wie um ein dämliches Mau Mau Spiel und einen albernen Taschenkalender, dann wären wir Millionäre. Zumindest könntest du mir ein anständiges Geburtstagsgeschenk machen, ohne daß ich hinterher deine Schulden bezahlen muß.«

Ich konnte es mir leisten so gehässig zu sein und Frank zu verletzen, weil ich in zwei Stunden Geburtstag hatte. Da konnte ich mir alles leisten. Wenn ich schon kein Geschenk bekam, für das ich hinterher nicht noch bezahlen mußte.

Frank stand auf und ging hinaus, dabei schmiß er die Tür zu.

Was soll's, dachte ich mir, wo soll er schon hin. Morgen spätestens muß er mir gratulieren.

Ich räumte die Karten vom Bett und legte mich schlafen.

Mir fiel ein, daß Frank sich wahrscheinlich betrinken würde, viel bräuchte er nicht mehr, und dann müßte ich mich um ihn kümmern und die Unzurechnungsfähigkeit würde ihn entschuldigen. Das wär nicht das erste Mal so.

Ich beschloß mich in keinem Fall um ihn zu kümmern, egal, wieviel er gesoffen hatte und wo er liegengeblieben war. Irgendwann würde er wieder nüchtern werden und dann mußte er Reue zeigen und kriechen.

Letztendlich würde ich gewinnen, weil ich die bessere Spielerin bin.

Nachts wachte ich auf, aber Frank war noch nicht zurückgekommen. Die Uhr war stehengeblieben, deshalb konnte ich nicht feststellen, wie spät es war. Aber es war noch stockdunkel.

Auch als ich morgens aufwachte, war er nicht da. Es war noch sehr früh, das schloß ich aus dem Licht, aber ich war wach und konnte nicht mehr einschlafen. Es war mein Geburtstag.

Was für ein trauriger Geburtstag, dachte ich mir und stand auf, um mir die Zähne zu putzen.

Wäre Frank in diesem Moment hereingekommen mit einem Blumenstrauß und einem Geburtstagslächeln für mich, wäre alles gut gewesen. Ich hätte ihm vergeben und dieser unerwartete Moment wäre mehr wert gewesen als jedes Geburtstagsgeschenk.

Genaugenommen wollte ich gar kein Geschenk von Frank. Um das Geschenk ging es gar nicht. Ich wollte, daß er sich an diesem Tag etwas Besonderes für mich ausdachte oder tat. Irgend etwas, das gar nichts kosten mußte, mir aber zeigte, daß er für mich genausoviel Leidenschaft aufbrachte wie für ein Spiel.

So wie ich damals für ihn gekotzt hatte. Das war das schönste Geschenk für ihn bisher. Dagegen würde er sofort seinen Motorroller eintauschen, hätte er im nachhinein die Wahl zwischen diesen beiden Geschenken.

Ich wußte erst seit zwei Jahren, daß Frank Eßstörungen hatte. Er sagte, seitdem er mich kannte, sei es besser geworden, ich hätte ihn geheilt. Ich erfuhr es zufällig.

Wir waren in einem Restaurant und da die Damentoilette verstopft war, ging ich aufs Herrenklo. Dort hörte ich jemanden würgen und kotzen. Heraus kam Frank. Ich war in Sorge, daß er sich den Magen verdorben habe, aber er sagte, nein, er mache das manchmal, daß er das Essen absichtlich wieder auskotzt. Das wollte er mir schon vor längerer Zeit sagen. Er meinte, das sei nicht weiter schlimm, jeder mache das.

Zu Franks Geburtstag kauften wir eine Menge zu essen. Chips und Kekse, Cola und Sahnejoghurts, alle Schweinereien, die uns einfielen. Wir gingen nach Hause, schmissen alles aufs Bett, zogen uns aus und stopften uns das Zeug gegenseitig in den Mund. Frank rieb mir einen Sahnejoghurt zwischen die Beine und fickte mich mit einem Marsriegel und dann fickten wir richtig und anschließend kotzten wir alles wieder aus. Das war dreckig, rauh und lustig.

Frank hatte mir erklärt, wie man es macht, er sagte »viel Cola hinterhertrinken, die Kohlensäure treibt das Zeug wieder raus«. Ich brachte es nicht fertig, mir den Finger in den Hals zu stecken, deshalb tat Frank es. Danach fühlte ich mich miserabel und glücklich.

Frank nahm mich in die Arme und sagte »das war

das schönste Geschenk, das du mir machen konntest.«

Wir taten es noch manche Male zusammen, aber ich hatte keinen richtigen Gefallen daran. Ich haßte es zu kotzen und jedesmal schwollen meine Drüsen hinter den Ohren an und schmerzten tagelang.

Weil mein Geburtstag war, war ich milde gestimmt. Als Zeichen meiner Versöhnungsbereitschaft zog ich das Kleid an, das Frank mir zu meinem letzten Geburtstag geschenkt hatte. Es ist auf jeder Seite so geschlitzt, daß man keine Unterwäsche darunter tragen kann. Ich zog es manchmal zu Hause für Frank an, aber sonst hatte sich keine Gelegenheit ergeben. Hier am Strand und am Meer, wo man braungebrannt war und daran gewöhnt halbnackt herumzulaufen, würde ich es vielleicht tragen, hatte ich gedacht und es eingepackt.

Und es war die Gelegenheit, das Geburtstagsgeschenk, das mir Frank letztes Jahr machte, zum ersten Mal zu tragen – an meinem Geburtstag. Das würde Frank glücklich machen.

Genaugenommen hat mir Susanne das Kleid geschenkt, denn Frank hatte es gemeinsam mit ihr ausgesucht und sich Geld von ihr geliehen, um es zu bezahlen. Soviel ich weiß, hat sie das Geld nie zurückbekommen und das Kleid war teuer. Wahrscheinlich hat sie es vergessen, weil sie das Kleid nie an mir gesehen hatte.

Wenn ich das Kleid heute trug, würde sie sich vielleicht erinnern und die Schulden einfordern. Und mir wäre für Tage die Laune verdorben. Sogar dieses Risiko ging ich ein.

Damit hatte Frank es geschafft, daß ich ihm mit einem Geburtstagsgeschenk von ihm an mich eine Freude machte und am Ende auch noch dafür bezahlte.

Ich zog es trotzdem an und ich gefiel mir in dem Kleid. Es war ein angemessenes Geburtstagskleid. In der Hoffnung, Frank würde doch noch kommen, saß ich eine Weile auf dem Bett herum, dann ging ich hinunter. Es konnte sein, daß Frank mit den anderen unten wartete, um mich zu überraschen.

Im Restaurant war niemand, außer Ida, die gerade den Frühstückstisch verließ und im Vorbeigehen eine dumme Bemerkung über mein Kleid machte. Das war alles. Meine Versöhnungsbereitschaft war dahin. Ich setzte mich und bestellte ein Frühstück.

Als der Kellner mein Ei brachte, kamen sie alle. Fröhlich singend mit Geschenken. Frank hielt eine dieser scheußlichen ungenießbaren Buttercremetorten in der Hand, auf der neun Kerzen brannten. Ich lenkte meine Wut damit ab, darüber nachzudenken, warum es ausgerechnet neun Kerzen waren. Ich kam zu dem Schluß, daß Frank wahrscheinlich eine Pakkung Geburtstagskerzen gekauft hatte, und weil da neun Kerzen drin waren, hatte er sie alle neun auf dem Kuchen verteilt.

Ich fragte mich, ob er eine zusätzliche Packung gekauft hätte, wenn ich zehn geworden wäre, und was er dann mit den überzähligen acht Kerzen gemacht hätte.

Natürlich erwarteten alle, daß ich gerührt war, und sahen mich mit dummen Gesichtern erwartungsvoll an. Einer dümmer als der andere. Am allerdümmsten Frank. Sie bestanden darauf, daß ich den Kuchen anschneide, obwohl ich gesagt hatte, ich könnte keinen Bissen von diesem Kuchen essen, ohne davon fünf Tage lang Magenschmerzen zu bekommen. Frank wußte, daß ich so etwas nicht essen konnte, aber wahrscheinlich hatte sein versoffenes Hirn beim Kuchenkauf ausgesetzt. Ich schnitt ihnen die Torte an und dann ging ich an den Strand.

Vorher zog ich noch das lächerliche Kleid aus und dachte, wie lächerlich ich mich in diesem Kleid gemacht hatte, Frank konnte es mir nur geschenkt haben, um mich zu demütigen. Susanne würde von mir keinen Pfennig bekommen für dieses Kleid.

Meine Geburtstagsgeschenke ließ ich unausgepackt im Restaurant liegen, auf dem Tisch, an dem sie alle Buttercremetorte aßen. Von Geschenken wollte ich nichts mehr wissen.

Von der Liebe hat man eine eigenartige Vorstellung. Der Geliebte soll gottgleich und ohne Fehler sein, dem Idealbild weitgehend entsprechen.

Stellt sich dann heraus, daß der Geliebte Fehler hat und Mängel aufweist, bekommt die Liebe Risse. Man ist enttäuscht, wie von einem Kühlschrank, der nicht mehr richtig kühlt, und beginnt sich nach einem besseren umzusehen.

Dann, wenn es an der Zeit ist, daß die Liebe sich zeigt, ist sie meistens schon am Ende. Einen liebenswerten Menschen zu lieben ist einfach. Das kann jeder. Ist er nicht mehr liebenswert, zeigt sich schnell, was die Liebe wert ist. Nämlich gar nichts. Alle sprechen von Liebe und wissen gar nicht, wovon sie reden.

Liebe kommt dann, wenn die meisten denken, sie sei schon vorbei. Alles vorher ist ein Kinderspiel. Lieben heißt aushalten und prüfen. Sich immer wieder an den Abgrund heranwagen, hinunterschauen und den Blick aushalten. Ohne runterzuspringen oder wegzulaufen.

Manchmal halte ich es fast nicht aus. Dann suche ich nach einem Grund, aber für die Liebe gibt es oft keinen Grund. Wenn man sich fragt: wofür, warum, lohnt sich das? und einem kein einziger Grund einfällt, dann muß es Liebe sein. Dann fragt man sich: Wenn das Liebe ist, warum ist sie dann nicht immer großartig und wunderbar?

Es ist großartig und wunderbar, jemanden TROTZDEM zu lieben, obwohl alles dagegen spricht. Das auszuhalten hat Größe und was Größe hat, ist großartig.

Deshalb liebte ich Frank, trotz der ganzen bösen Gedanken, die ich in jenem Moment von ihm hatte. Ich ließ kein gutes Haar an ihm, ohne ihn in meinem Herzen auch nur für einen Moment in Frage zu stellen. Ich bin nie sentimental.

Frank vermied es den ganzen Tag mit mir alleine zu sein. Zu Recht. Ich dachte, wir hätten am Abend Gelegenheit dazu, aber dann schlug Ida dieses Fischrestaurant vor. Frank schrie sofort vor Begeisterung »eine WUNDERBARE Idee« und sah mich freudig an. Auch die anderen waren sehr angetan von dem Vorschlag und ich dachte, darauf kommt es auch nicht mehr an.

Frank suchte den ganzen Tag eine Gelegenheit mich zu versöhnen, da hätte er sie gehabt, aber er versagte, wie in allen entscheidenden Momenten.

Auch dafür liebe ich Frank: für seine Verläßlichkeit. Man kann sich darauf verlassen, daß er versagt, wenn es darauf ankommt.

Wie zu erwarten, besoff er sich an dem Abend so schnell wie möglich, um sich jeder weiteren Verantwortung zu entziehen. Die Bemühungen der anderen waren rührend, aber vergeblich. Auch sie tranken, wie Frank, aus der Anspannung des Tages heraus und hatten schließlich ihren Spaß, was ihnen nicht zu verdenken war. Mir war nicht nach Trinken. Ich wollte nüchtern bleiben und das ganze Elend bis zum Ende verfolgen. Wenn ich etwas getrunken hätte, hätte sich die Trunkenheit wie ein glücklicher Schleier über diesen erbärmlichen Tag gelegt. Das wollte ich nicht, denn so würde ich wenigstens diesen Geburtstag für immer erinnern.

Nachts gab es ein fürchterliches Gewitter. Franks Schlaf glich einem Koma, er hörte nichts. Frank trinkt in erster Linie, um anschließend in einen todesähnlichen Schlaf zu fallen. Der Rausch selbst spielt nur eine geringe Rolle, dazu ist er auch viel zu kurz, und Frank verträgt letztendlich überhaupt keinen Alkohol.

Er betrinkt sich mit enormer Geschwindigkeit, um die Phase des Rauschzustands als lästige, aber unvermeidliche Begleiterscheinung so kurz wie möglich zu halten. Je schneller er sich betrinkt, desto schneller ist der unangenehme Teil des Betrinkens – das Betrunkensein – vorbei und er kann sich dem Koma hingeben. Nie ist Frank so glücklich wie in diesem Moment. Wenn er schwer betrunken im Bett liegt, kurz bevor er einschläft. Betrunkensein ist für ihn eine unausweichliche Quälerei, um zum erlösenden Schlaf zu gelangen. Der noch erlösender ist, weil er dem Rausch ein Ende setzt. Er trinkt, weil er es haßt betrunken zu sein. Ich habe nie verstanden, warum Frank ausgerechnet trinkt. Eine Betäubungsspritze wäre für ihn die angemessene Droge.

Wahrscheinlich liebt er auch deshalb Krankenhäuser so sehr, da sie der Ort seiner bevorzugten Droge, der Narkose sind. Für Frank hat jede Krankheit oder Verletzung, die mit einem Krankenhausaufenthalt verbunden ist, ihren Reiz, da sie möglicherweise eine Operation erfordern und damit eine Narkose.

Ich beneidete Frank an jenem Abend um seinen Schlaf. Ich hätte diesen Tag auch gerne so beendet, war aber um so wacher, da ich den ganzen Abend über Cola getrunken hatte.

Das Gewitter kam unerwartet. Der Regen setzte gleichzeitig mit dem Sturm ein und der Wind drückte das Wasser mit einer Macht durch das geöffnete Fenster, daß unser Bett durchnäßt war, bevor ich die Läden schließen konnte. Gleichzeitig blitzte und donnerte es so laut, wie ich es noch nie erlebt hatte. Trotz des Lärms und des Regens im Gesicht wachte Frank nicht auf. Er zuckte nicht einmal. Das Gewitter tobte so heftig, daß ich fürchtete, der Sturm würde die Fenster eindrücken oder zumindest ein Blitz einschlagen.

Das ging so eine halbe Stunde, dann wurden die

Abstände zwischen Blitz und Donner größer, das Donnern leiser. Das Gewitter entfernte sich, der Sturm hatte sich gelegt, es regnete stetig, aber lange nicht so heftig wie zuvor.

Ich öffnete die Fenster wieder und atmete die Regenluft ein. Sie war frisch und kühl. Ich war zufrieden mit diesem Abschluß. Ein würdiges Ende für diesen Tag.

Frank war nie richtig gesund gewesen, seitdem wir angekommen waren. Sein Durchfall hielt an und er tat nichts dagegen. Im Gegenteil, er trank mehr denn je und ließ sich nichts anmerken.

Er war am Abend auf dem Zimmer geblieben, weil er sich nicht wohl fühlte, und als ich das Kartenspiel früh beendete, um nach Frank zu sehen, lag er im Bett und schlief fest. Das dachte ich, bis er ein komisches Röcheln von sich gab. Mir wurde klar, daß er nicht einfach nur schlief, sondern zur Bewußtlosigkeit betrunken war. Dazu mußte ich nicht die leere Literflasche Jim Beam auf dem Boden neben dem Bett entdecken.

Ich wußte nicht, wieviel er getrunken hatte. Ob er die Flasche alleine geleert hatte oder schon mit Carsten am Nachmittag. Da fand ich, als ich nach einem Handtuch suchte, um es unter seinen Kopf zu legen, eine weitere leere Flasche im Schrank.

Glücklicherweise war er doch so bei sich, daß er

seinen Kopf heben konnte und sich über das Bett lehnen, um auf den Boden zu kotzen.

Die Kotze war rötlichbraun, fast flüssig. Kaum Speisereste, daraus schloß ich, daß Frank den ganzen Tag über nichts gegessen hatte.

Frank begann zu murmeln. Er war rot und bleich gefleckt. Die Haare klebten ihm auf der Stirn. Er lallte und wenn er seine Augen öffnen wollte, verdrehten sie sich und fielen sofort wieder zu.

»Wieviel hast du getrunken?« fragte ich ihn, als würde das etwas ändern. »Das Zeug muß raus, so schnell wie möglich« sagte ich. »Du mußt kotzen, Frank, alles auskotzen, hörst du mich?«

Ich zog und zerrte an ihm, schlug ihm ins Gesicht. Irgendwann reagierte er und ich konnte ihn auf die Toilette schleppen, wo ich ihm den Finger in den Hals steckte, weil er sich weigerte das selbst zu tun.

Tatsächlich schoß dann auch ein Schwall heraus und dann noch einer und noch einer. Ich hatte den Mechanismus in Gang gesetzt und betrachtete fast stolz, wie die Brühe in die Schüssel klatschte.

Durch die Anstrengung des Kotzens war Frank auch wieder so weit zu sich gekommen, daß er mir antworten konnte. Dann begann er zu husten. Weil er gleichzeitig husten und brechen mußte, gerieten kleine Essensbröckchen in die Lunge. Die Kotze spritzte ihm aus der Nase. Er lief rot an und begann zu röcheln. Er erstickte an seinem Erbrochenen.

Ich dachte, der verreckt mir hier. Ich lief ins Zimmer, um sein Asthmaspray zu holen, da fiel mir ein, daß ich die Tasche mit den Medikamenten im Restaurant vergessen hatte. Ich lief zurück ins Bad und brachte ihn dazu, sich hinzuknien, mit den Händen auf dem Boden, wie ein Hund. So fiel wenigstens alles aus ihm heraus und er konnte sich nicht so leicht verschlucken. In meiner Verzweiflung drosch ich ihm auf den Rücken, wie man das macht, wenn sich jemand verschluckt. Frank war zwar inzwischen violett im Gesicht, aber er hatte aufgehört zu kotzen. Er hustete jetzt nur noch.

Ich rannte los, um die Medikamententasche zu holen, aber das Restaurant war leer. Die Tasche hatten sie mitgenommen. Ich rannte hoch zu den Zimmern und trat an ihre Türen, aber nichts rührte sich. Nach einer Weile öffnete mir Carsten, er wußte nicht, wo die Mädchen mit meinen Medikamenten waren.

Er bot mir einen Hustensaft an, den er wegen des Codeingehalts vorrätig hatte. Er fragte mich, ob ich Hilfe brauchte. Er sah dabei so müde und gequält aus, daß ich ihn wieder ins Bett schickte. Ich nahm an, daß er wegen seiner Rückenschmerzen eine ganze Menge Schmerz- und Schlaftabletten geschluckt hatte.

Als ich zurückkam, hatte Frank sich bereits ins Bett geschleppt. Sein Atem war flach und rasselnd.

Der Hustenanfall war abgeklungen. Er verlangte nach seinem Spray und ich gab ihm drei Löffel Hustensaft. Er schien es nicht einmal zu bemerken. In seinem Zustand war ihm jede Form von Medizin recht. Ich zog ihn aus und wusch ihm mit einem Waschlappen den Körper und das Gesicht. Seine Atmung normalisierte sich.

Er war sehr erschöpft und lächelte mir schwach zu. Ich empfand in all meinem Zorn darüber, daß er uns in so eine Lage gebracht hatte, eine tiefe rührende Liebe zu ihm.

Seine Mundwinkel waren verkrustet, die dünnen Haare standen lächerlich vom Kopf ab. Er stank nach Whiskey und Erbrochenem. Er war nackt und hilflos und sein Gesicht war auf dümmliche Weise entspannt und glücklich. Ich beugte mich über ihn und küßte ihn auf die trockenen Lippen. Er schloß die Augen und murmelte »ich werde jetzt schlafen«.

Ich deckte ihn zu und wischte berauscht vor Glück und Stolz die Kotze neben dem Bett auf und putzte das Bad. Dann zog ich mich um und machte mich auf die Suche nach dem Medikamentenkoffer.

Aus Angst, Frank könnte sich im Schlaf noch einmal erbrechen oder Asthma bekommen, wagte ich nicht einzuschlafen. Ich legte mich neben ihn und las. Er schlief friedlich. Sein Atem ging ruhig. Trotzdem wollte ich wach bleiben, um sicherzugehen, daß nichts mehr passierte. Irgendwann schlief ich doch über meinem Buch ein.

Die Hitze weckte mich. Sie ging von Frank aus, der sich im Schlaf an mich gerollt hatte. Sein Körper glühte, war aber völlig trocken. Seine Zähne schlugen hart aufeinander. Seine Wangen waren rot und er sah auf eine sehr unnatürliche Weise gesund aus. Ich versuchte ihn zu wecken, aber er war nicht ansprechbar. Er begann zu murmeln und schlug mit den Armen um sich. Er hatte einen bösen Traum.

Ich hielt seine Hände fest, faltete sie vor seiner Brust und flüsterte ihm, wie einem Kind, beruhigend ins Ohr. Das zeigte tatsächlich Wirkung. Er wurde ruhiger, aber das Zähneschlagen heftiger. Er mahlte jetzt so stark mit den Zähnen, daß ich fürchtete, sie würden herausbrechen. Seine Kaumuskeln waren stark hervorgetreten, ich versuchte seinen Kiefer mit den Händen zu lockern – ohne Erfolg.

Ich ging in das Badezimmer, um Handtücher für Wadenwickel anzufeuchten. Da fiel mir ein, daß man Wadenwickel erst machen sollte, wenn die Extremitäten heiß waren. Deshalb ging ich wieder zurück und fühlte seine Füße. Sie waren kalt, auch seine Hände waren – im Vergleich zum restlichen Körper – kühl. Es war noch zu früh um Wadenwickel zu machen. Ich wollte seine Temperatur messen und kramte das Fieberthermometer heraus, steckte es ihm unter den Arm und wartete darauf, daß es fiepte.

Es begann bereits zu dämmern. Das Zimmer war in ein fahles kaltes Licht getaucht. Ich begann zu frieren und legte mich an Franks heißen Körper. Ich lag mit dem Kopf auf seiner heißen Brust und hörte seinen rasenden Herzschlag, der mir ein Zeichen von überwältigender Lebenskraft schien.

Das Thermometer fiepte nicht. Ich zog es nach einer Weile trotzdem heraus. Es zeigte 41,2 Grad an, was sicher noch untertrieben war. Das hieß, Frank hatte fast 42 Grad Fieber. Soviel ich wußte, war das lebensgefährlich.

Es war zu früh ein Auto aufzutreiben, um ihn ins Krankenhaus zu bringen. Ich wühlte in meiner Medikamententasche und fand Fieberzäpfchen. Ich überprüfte seine Füße, sie waren immer noch kalt. Ich rieb seinen heißen Körper mit einem kühlen feuchten Lappen ab. Daraufhin fingen seine Zähne noch heftiger an zu schlagen.

Ich rollte ihn vom Rücken auf die Seite, winkelte seine Beine an und schob ihm die Knie an die Brust. Ich drückte seinen Oberkörper nach vorne, zog ihm die Arschbacken auseinander und versuchte das Zäpfchen einzuführen. Es gelang mir nicht sofort. Bei weiteren Versuchen wehrte sich sein Schließmuskel dagegen. Das Zäpfchen begann zu schmelzen. Bald hielt ich nur noch einen schmierigen

Klumpen in der Hand, den ich ihm schließlich in meiner Verzweiflung brutal mit dem Daumen in den Arsch schob, so tief wie möglich, um sicherzugehen, daß das Zäpfchen schnell seine heilende Wirkung entfalten würde. Ich wusch mir die Hände und zog mich an. Es war bereits Tag.

Das Tageslicht brachte Klarheit und nahm mir die Angst. Ich sah noch einmal nach dem Thermometer und bemerkte erleichtert, daß es nur 40,2 Grad anzeigte. Um sicherzugehen, beschloß ich noch mal Fieber zu messen. Diesmal richtig, im After, da er günstig, unverändert auf der Seite, lag. Nach dem Zäpfchen ein Kinderspiel. Ich gab noch etwas Creme an die Spitze des Thermometers, wie meine Mutter das immer getan hatte, und dachte, das hätte ich auch mit dem Zäpfchen machen sollen. Das Thermometer piepte schon nach kurzer Zeit und zeigte eine verläßliche Temperatur von 39, 8 Grad an.

Ich deckte Frank zu, der jetzt ruhig schlief. Seine Zähne schlugen nicht mehr, seine Wangen waren immer noch rosig frisch. Ich ging hinunter um zu frühstücken. Ich hatte einen riesigen Hunger.

Wie erwartet, traf ich niemanden im Restaurant. Es war zu früh. Ich bestellte ein Reisgericht und drei Gläser Orangensaft. Für Frank nahm ich Bananen und Wasser mit aufs Zimmer. Ich nahm an, daß er so schnell nichts essen wollte.

Frank schlief wie ein Baby. Er hatte sich aufgedeckt und ich sah, daß er einen Ständer hatte. Das rührte mich. Er war nicht mehr heiß.

Ich wollte ihm etwas Gutes tun und zog meine Unterhose aus, kniete mich neben ihm aufs Bett und lutschte an seinem Schwanz. Als der naß genug war, hob ich meinen Rock und setzte mich auf ihn drauf. Während ich ihn fickte, wachte er auf. Er faßte mich an den Arschbacken und hielt mich fest, damit er mich fester stoßen konnte. Er mußte würgen, stieß mich von sich herunter und kotzte neben das Bett. Es kam nicht viel heraus. Ich reichte ihm ein Glas Wasser, damit er seinen Mund ausspülen konnte. Es schien ihm besser zu gehen, er hatte immer noch einen Steifen. Ich kniete mich vor ihm aufs Bett und hielt ihm meinen Arsch hin. Er schob den Rock hoch und leckte meine Arschbacken.

»Deinen Arsch ficken und sterben«, sagte er, aber bevor er ihn mir reinstecken konnte, drehte ich mich um, packte ihn an den Eiern und küßte ihn auf den Mund. Ich hatte ihn hart gepackt und er schrie auf. Ich legte ihn wieder auf den Rücken, was ein Leichtes war, denn Frank war völlig kraftlos. Dann brachten wir zu Ende, was er zuvor unterbrochen hatte.

Ich blieb auf seiner Brust liegen und Frank sagte »ich habe noch nie jemanden so geliebt wie dich, wenn du mich nicht mehr liebst, fick ich dich zu

Tode.« Frank wurde nach dem Sex meist pathetisch. Er schlief sofort wieder ein.

Die letzten 20 Stunden hatten wir mehr oder weniger wortlos verbracht, das heißt, wir hatten auch nicht gestritten. Wir hatten uns gut verstanden. Ich wusch mich und zog mich an.

Wir waren seit 5 Jahren zusammen, doch erst in den letzten Wochen hatte unsere Liebe einen Grad erreicht, daß wir laut voreinander furzten. Es störte uns nicht einmal, bei offener Tür zu scheißen, weil die Badtür kaputt war und sich nicht schließen ließ.

Im ersten gemeinsamen Urlaub, den ich mit Frank verbrachte, war ich eine Woche lang nicht auf dem Klo, außer um zu pinkeln, und dabei drehte ich den Wasserhahn auf, um jedes Geräusch zu übertönen.

Wir bewohnten ein kleines Hotelzimmer in Paris, und da wir die meiste Zeit im Bett verbrachten, war es unmöglich unbemerkt vom anderen aufs Klo zu gehen. Scheißegeruch und Furzgeräusche hätten unsere frische romantische Liebe sofort zerstört.

Ich hatte Frank in diesen 5 Jahren auch nur einmal betrogen. Allerdings kannten wir uns zu dieser Zeit kaum, das heißt, wir hatten uns gerade erst kennengelernt und es war noch nicht sicher, was werden würde. Wenn ich ehrlich bin, wußten wir beide vom ersten Moment an, daß es so ernst war wie noch nie zuvor.

Frank ging für einige Monate nach Amerika, weil seine Mutter dort starb, und weil ich mir nicht vorstellen konnte, daß einer drei Monate lang nichts anderes tut, als seine sterbende Mutter zu pflegen, versuchte ich mich auch abzulenken. Das gelang mir gut, denn es war Sommer. Ich hatte es sofort bereut, nachdem es geschehen war, deshalb vergaß ich es schnell und schrieb Frank einen langen, sehnsuchtsvollen Brief nach Amerika.

Als seine Mutter gestorben war, kam er endlich zurück. Ich holte ihn vom Flughafen ab, wir fuhren in meine Wohnung und vögelten drei Tage und drei Nächte und spätestens danach wußten wir, daß wir uns nie wieder trennen würden.

Es gibt keinen offensichtlichen Grund Frank zu lieben. Es war weder so, daß er mir gefallen hätte, im Gegenteil, ich finde sein Aussehen bis heute lächerlich. Er ist weder geistreich noch lustig, er macht nichts und kann nichts und ist obendrein noch abhängig, depressiv und eßgestört.

Es war keine Liebe auf den ersten Blick. Wir kannten uns bereits vom Sehen und waren nicht aneinander interessiert. Hätte mir damals jemand gesagt, Frank würde meine größte Liebe, meine einzige Liebe sein, dann hätte ich ohne zu zwinkern mein Leben dagegen gewettet. Mit einem Blick auf Frank, sein dümmliches Gesicht mit den dicken Backen, dem fliehenden Kinn, seine gebückte Haltung – als würde er immer den Kopf einziehen in Erwartung von Schlägen oder Tritten –, seine dünnen blonden Haare, die ihm an der Stirn bereits ausfielen, und seine lächerliche Kleidung.

Ich glaube, ich habe Frank schon geliebt, bevor ich ihn kannte. Er sagte, ihm ginge es genauso. Eines Abends saßen wir uns zufällig an einem Tisch gegenüber, und ich spürte es und er auch. Deshalb war es ganz selbstverständlich, daß er meine Hände nahm. Wir blieben beide nüchtern an diesem Abend. Es war eine außerordentliche Situation. Dann standen wir auf und gingen zu mir nach Hause. Wir hatten keine fünfzehn Worte miteinander gewechselt, das war gar nicht nötig.

Nach der Nacht war es klar. Ich wußte es, auch wenn ich es nicht wahrhaben wollte, und er flog nach Amerika zu seiner sterbenden Mutter.

Es gab Zeiten, da verachtete ich Frank so sehr, daß ich ihn tagelang nicht ansehen konnte oder deshalb nicht die Augen von ihm ließ, um meinen Ekel auszukosten. Ich genoß dieses Gefühl wie einen Schmerz, den man sich selbst zufügt und bis zur Unerträglichkeit steigert. Zurück blieb ein Schaudern und eine heiße Welle von Liebe.

Dann konnte ich es nicht ertragen, daß er mich anfaßte. In diesen Zeiten reizte ich ihn. Ich trug Kleider ohne Unterwäsche und setzte mich so hin, daß er mir zwischen die Beine sehen konnte. Ich trug durchsichtige Blusen und schlief nackt. Er durfte mich nicht anfassen, aber er durfte mich ansehen und sich dabei befriedigen. Seine Lust auf mich war so rasend und erbärmlich, daß ich geil wurde und Lust auf ihn bekam. Das wußte er auszunutzen.

Frank kannte mich. Ich mußte mich nicht verstellen, weil ich es nie gemacht hatte. Ich hatte ihm von Anfang an meine Abneigung gezeigt. Er hatte nie versucht seine Unfähigkeit vor mir zu verbergen. Wir mußten uns nichts vormachen, weil unsere Liebe größer war, als daß die üblichen menschlichen Unzulänglichkeiten ihr etwas anhaben konnten. Das war so von Anfang an. Ich wollte nichts darunter und er genausowenig. Es war eine stille Übereinkunft, über die wir nie sprechen mußten.

Wir stritten uns oft, beleidigten und verletzten uns, aber keiner von uns stellte jemals die Liebe in Frage. NIE. Auch Frank nicht, da bin ich mir sicher.

Manchmal ging ich noch weiter. Dann überwand ich meine ganze Verachtung und verwandelte sie in ein liebevolles Gefühl. Anstatt ihm ins Gesicht zu spucken oder in den Arsch zu treten, was mir in diesen Momenten als erstes in den Sinn kam, küßte ich ihn auf den Mund und lutschte seinen Schwanz. Damit machte ich Frank glücklich; und wenn Frank glücklich ist, dann bin ich es auch.

Es ist ein ähnliches Gefühl, wie es der Geschmack von Tomaten bei mir auslöst: eine Kombination aus Brechreiz und Wohlgeschmack. Sehr reizvoll.

Frank hat schöne Zähne und einen schönen Schwanz. Zwei Vorzüge, die meistens im Verborgenen liegen. Deshalb liebe ich es, ihn zu erregen und zum Lachen zu bringen.

Im Restaurant fand ich Carsten. Er half mir ein Auto aufzutreiben. Dann gingen wir zusammen hoch, um Frank zu holen. Der schlief immer noch, sein Fieber war wieder gestiegen, er fühlte sich heiß an. Carsten half mir Frank aufzuwecken und anzuziehen. Frank war sehr gefaßt und vernünftig. Gehorsam tat er alles, was wir ihm sagten. Seine Augen glänzten und er begann wieder zu husten. Er konnte ohne unsere Hilfe laufen und man konnte denken, er sei ganz gesund, so sehr nahm er sich zusammen. Carsten fand noch heraus, wo das Krankenhaus war, und dann fuhren wir los. Ich lachte über Frank, der aufrecht wie ein Stock neben mir saß und hochkonzentriert aus dem Fenster starrte.

Wir erreichten schweigend das Krankenhaus. Frank verfiel mehr und mehr in einen Zustand völliger Apathie. Er ließ wortlos alles mit sich machen, zu den Untersuchungsräumen führen, Blut abnehmen, in den Rachen schauen, die Lunge abklopfen. Wahrscheinlich dachte er, wenn er alles anstandslos mit

sich machen ließe, verabreichte man ihm zur Beloh-
nung eine Narkose. So kam es aber nicht. Der Doktor sagte, eine leichte Bronchitis, nichts Ernstes, und
gab ihm ein fiebersenkendes Mittel und eine Pakkung Antibiotika mit. Die sollte er genau alle acht
Stunden nehmen. Zehn Tage lang und auf keinen
Fall Alkohol trinken.

Das ernüchterte Frank und er fand seine Stimme
wieder. Auf der Rückfahrt war er wieder ganz nor-
mal. Sogar das Fieber hatte sich auf diesen Schreck
hin gesenkt.

Frank schimpfte: So einem Urwalddoktor würde
er nie und nimmer trauen, das Zeug würde er auf
keinen Fall nehmen, wer weiß, was da überhaupt
drin sei, das wisse doch jeder, daß in der dritten Welt
billige Medikamente verkauft werden, die entweder
Placebos sind oder, schlimmer, aus lebensgefährlichen Giften zusammengepanschtes Zeug.

Ich nahm an, daß die Vorstellung zehn Tage lang
alle acht Stunden ein Placebo zu schlucken und dafür
komplett auf Alkohol zu verzichten, schlimmer für
ihn war als die Angst vor »lebensgefährlichen Giften«.

Ich sagte zu Frank »erstens ist das hier nicht die
dritte Welt und außerdem schluckst du doch sonst
auch alles, was man dir hinhält, und dabei ist die
Gefahr weitaus größer ›lebensgefährliche Gifte‹ zu
schlucken, als in einem anständigen Krankenhaus,

dessen technischer und hygienischer Standard weit über den meisten deutschen Krankenhäusern liegt, die ich kenne«. Das Krankenhaus war wirklich vom Feinsten, die Ärzte sprachen besseres Englisch als Frank (der sich sehr viel auf sein Englisch einbildet) und hatten allesamt auf den besten Universitäten in Amerika studiert.

Die Krankenschwestern waren hübsch und freundlich, das Krankenhaus glich eher einem Hotel der Luxusklasse, und im Erdgeschoß gab es sogar ein Starbucks Café wo Frank nach der Untersuchung unbedingt einen Kaffee trinken wollte. Er fühlte sich sehr wohl in diesem Krankenhaus, das hatte ich bemerkt, und ich schloß daraus, daß er deshalb wütend war, weil man ihn so leichtfertig mit ein paar Tabletten wieder weggeschickt hatte (und dazu verboten zehn! Tage lang Alkohol zu trinken), anstatt ihn dazubehalten, in ein schönes Einzelzimmer zu legen, zu pflegen und zu umsorgen und ihm eventuell sogar eine Narkose zu verabreichen.

Ich lachte ihn aus und sagte »wir warten ab, wenn sich das Fieber bis morgen gesenkt hat, brauchst du die Medizin nicht zu nehmen«. Frank sagte, er brauche sie ganz sicher nicht zu nehmen, er fühle sich bereits jetzt fieberfrei. Er werde sich gleich wieder ins Bett legen und morgen sei alles wieder gut, ich werde schon sehen.

Als wir zurückkamen, saßen die anderen im Restaurant und sahen sich Fotos an. Die Bilder waren bei meinem Geburtstagsessen aufgenommen worden. Ich bekam schlechte Laune, als ich die Fotos sah, aber keiner konnte darauf erkennen, wie katastrophal dieser Tag verlaufen war. Selbst die anderen schienen es vergessen zu haben, und ich war zufrieden als einzige den Tag in seiner ganzen Katastrophe erinnern zu können.

Bevor Frank sich ein Bier bestellen konnte, schickte ich ihn ins Bett. Ich wollte den Tag genießen und legte mich an den Strand. Ich würde ihn überzeugen das Antibiotikum zu nehmen, denn eine Trinkpause war in jedem Fall angebracht. Fast hoffte ich, das Fieber würde nicht sinken.

Das brauchte ich nicht zu hoffen, denn Frank ging es unverändert schlecht, als ich am Abend auf das Zimmer kam. Ich dachte, wir könnten zusammen im Restaurant essen, aber er glühte und atmete schwer. Obwohl er bereits am späten Nachmittag das fiebersenkende Mittel genommen hatte, war seine Temperatur über 40 Grad gestiegen.

Er war sogar zu schwach mir Vorwürfe zu machen, daß ich ihn in seinem Zustand den ganzen Tag alleine gelassen hatte. Zu dem Fieber hatte er einen Ausschlag aus kleinen roten Bläschen, der sich über den ganzen Körper verteilte, sogar im Gesicht.

Ich zwang ihn eine Tablette zu schlucken und sagte ihm, das Mittel würde nach vierundzwanzig Stunden sicher wirken, aber er müsse die Medizin bis zum Ende nehmen, sonst sei es sinnlos.

Frank war in diesem Moment alles egal. Schwieriger würde es werden, ihn zu überzeugen, wenn es ihm besser ging, aber daran dachte ich in dem Moment nicht, sondern nur daran, daß sein Fieber endlich verschwinden würde und Frank gesund werden. Ich hatte genug von seinen Krankheiten.

Frank hatte zu dem Ausschlag auch noch Schmerzen bekommen, in den Gliedern und im Kopf. Er konnte sich kaum bewegen und stöhnte leise. Ich hatte Bedenken, ob das Medikament das richtige war, denn Frank hatte seit heute morgen nicht einmal gehustet und mit dem Ausschlag und den Schmerzen schien mir seine Krankheit doch eine andere zu sein, als der Doktor diagnostiziert und für die er das Medikament verschrieben hatte.

Ich fuhr noch einmal zur Apotheke, um der Apothekerin, die mir sehr kompetent schien, die Symptome zu schildern. Vielleicht war das eine hier bekannte Krankheit, die mit der richtigen Medizin schnell zu kurieren war.

Die Apothekerin wußte allerdings auch keinen Rat. Sie gab mir noch mal ein stärkeres fiebersenkendes Mittel, Tabletten gegen Schmerzen und eine Tinktur zum Einreiben gegen den Ausschlag. Ich nahm alles mit, obwohl ich nicht an deren heilsame Wirkung glaubte. Sie würden im besten Fall die Symptome zumindest für eine Nacht lindern und wir könnten in Ruhe schlafen.

Als ich Frank so arm und krank im Bett liegen sah, hatte ich gleichzeitig Mitleid und eine Riesenwut auf ihn. In seinem Krankwerden lag Methode. So gerne er in diesem Moment fieber- und schmerzfrei wäre, so genoß er gleichzeitig diesen Zustand und meine damit verbundene Pflege. Er hatte diese Krankheit selbst herbeigeführt. Dafür gibt es keine vernünftige Erklärung. Frank kann von einem Moment auf den anderen sterbenskrank werden. Meistens in Situationen, denen er nicht gewachsen ist, und wenn er meine Zuwendung braucht. Weil er mich darum nicht bitten kann, bekommt er Fieber.

Es gab keine Reise (abgesehen von unserer ersten), bei der Frank nicht krank geworden wäre. Ich pflege ihn gerne und meistens sinkt das Fieber schnell durch ein wenig Zuwendung und nach drei Tagen ist er wieder gesund. Diesmal übertrieb er es. Nicht nur für mich, sondern auch für sich selbst.

Ich gab ihm den Fiebersaft, zwei Schmerztabletten und rieb ihn gegen den Ausschlag ein. Danach sah er aus wie eine fiebernde Mumie. Ich hielt ihm den Spiegel hin und wir mußten beide lachen. Ich las Frank noch etwas vor und dabei schliefen wir ein.

Am Morgen war das Fieber unverändert hoch, aber Frank hatte dank des Mittels gut geschlafen und sich deshalb ein wenig erholen können. Er aß sogar zwei Bananen zum Frühstück. Ich gab ihm anschließend wieder Fiebersaft und Schmerztabletten. Frank schluckte die Medizin dankbar, sie war ganz in seinem Sinne, und ich dachte, soll er sie nehmen, bis alles vorbei ist, irgendwann muß es ja mal vorbei sein, das Fieber. Lang kann es nicht mehr gehen.

Sein Ausschlag war schlimmer geworden, an manchen Stellen hatte er dicke rote Pusteln, die aufgeplatzt waren und näßten. Ich wusch ihm das weiße Zeug vorsichtig mit einem Waschlappen vom Körper. Dann wartete ich, bis das Fieber wieder gesunken war, und ging, um Susanne und Carsten zu suchen. Frank bedankte sich bei mir, daß ich mich so wunderbar um ihn kümmerte, und sagte, es würde ihm schon merklich besser gehen. Kein Wunder, nach dem, was ich ihm verabreicht hatte. Wenn das Fieber wieder so hoch steigen würde, mußte er ins Krankenhaus. Ich hatte das nicht mehr im Griff.

Ich fand Susanne heulend in ihrem Zimmer. Carsten schlief. Carsten konnte ich vergessen, mit Susanne war auch nichts anzufangen. Ich ließ sie weiterheulen und suchte Ida.

Ida half mir Frank anzuziehen und ins Auto hinunterzubringen. Während der Fahrt lag Frank wimmernd und zusammengekrümmt auf der Rückbank. Er hatte starke Schmerzen.

Susanne und Carsten waren mit sich selbst beschäftigt und merkten gar nicht, daß wir nicht mehr da waren. Sie waren es gewohnt, daß Frank krank wurde, und amüsierten sich wahrscheinlich darüber. Ich hoffte, die Ärzte würden endlich herausfinden, was ihm wirklich fehlte und alles könnte wieder seinen gewohnten Lauf nehmen. Aber mir schien, daß das nicht nur an Frank lag, es war schon länger nicht so, wie es sein sollte.

Fast hätte ich die Abfahrt zur Klinik verpaßt. Ein Leuchtschild mit einem großen grünen Kreuz wies darauf hin.

Als ich den Lenker hart nach links riß, um noch rechtzeitig abzubiegen, wäre Frank fast von der Rückbank gerollt. Ich hielt an, um Frank wieder zurechtzulegen. Er klemmte in dem Spalt zwischen meinem Sitz und dem Fußraum. Sein Kopf hing nach unten. Er bekam kaum mehr mit, was mit ihm geschah. Er tat nichts dazu, um meine Anstrengungen zu unterstützen. Ich schrie ihn an. Da begann er sich zu bewegen. Er hob den Kopf ein wenig und es gelang mir endlich, ihn zu befreien und richtig hinzulegen.

Ich vermied es, Frank ins Gesicht zu sehen, es hätte mich zu sehr beunruhigt. Ich wollte ihn so schnell wie möglich aus meiner Verantwortung abgeben, damit sie ihn wiederherstellten.

Ich fuhr zu dem Eingang der Notaufnahme. Sie legten Frank auf eine Bahre und rollten ihn davon. Ich war erleichtert und suchte inzwischen aus einem Prospekt ein Krankenzimmer für ihn aus. Das Ganze glich immer mehr einem Hotel mit medizinischer Betreuung, ganz das, was Frank brauchte. Ich wählte ein schönes Doppelzimmer aus, mit einem Bett für mich und einem Fernseher. Eine Schwester brachte mich zu dem Zimmer und sagte, ich sollte hier auf Frank warten. Ich legte mich auf ein Bett und schaltete mit der Fernbedienung durch die Programme. Das Zimmer war hell und freundlich, die Menschen hilfsbereit. Egal, was das hier kosten würde, Frank würde gesund werden und sich erholen. Beruhigt schlief ich ein.

Ich wachte davon auf, daß sie Frank ins Zimmer rollten. Drei Schwestern und ein Arzt. Frank schlief, zumindest hielt er die Augen geschlossen. An jedem Arm hatte er einen Infusionsschlauch hängen. Die Schwestern rollten die Gestelle neben ihm her, an einem hing ein Sack mit einer gelblichen Flüssigkeit, die andere war klar. Das sah furchterregend aus. Der indische Arzt sprach mit mir im besten Englisch, sie könnten jetzt noch nichts sagen, sie müßten erst die Bluttests abwarten. Ich vermutete, er wollte mir nicht alles sagen.

»Wie geht es ihm?« fragte ich, »ist es schlimm, hat

er Malaria, woher kommen die Schmerzen, wann wird er wieder gesund, geht es ihm schon besser?«

Der Arzt wiederholte unbewegt, was er mir schon zuvor gesagt hatte, ohne Testergebnisse könne er nichts sagen. Ich wurde wütend, aber er hätte doch sicher eine Vermutung, von den Symptomen her, sieht das aus wie Malaria, ist es möglich, daß Frank Malaria hat?

Der Arzt sagte, er schließe Malaria mit ziemlicher Sicherheit aus. Morgen wisse er mehr, und ging. Das war wenigstens etwas.

Ich setzte mich zu Frank aufs Bett, er war jetzt sehr blaß, hatte nicht mehr die roten Fieberbacken. Man hatte ihm ein weißes Krankenhaushemd angezogen, er sah so sauber aus, sie hatten ihm sogar die Haare gescheitelt und gekämmt. Er lag auf dem Rücken, die Arme rechts und links steif neben dem Körper. Er sah aus wie ein Toter. Ich beugte mich über ihn, nahm seine Hand und legte meinen Kopf auf sein Herz. Der Geruch von Desinfektionsmittel stieg mir in die Nase. Sein Herz schlug ruhig. Ich überlegte, wie lange ich geschlafen hatte und wie lange sie Frank untersucht hatten. Es mußten zwei Stunden gewesen sein.

Ich beobachtete, wie die Flüssigkeit durch die Schläuche in Franks Arme lief. Rechts gelb, links weiß. Ich sah mir die Stelle an, wo die Schläuche in Franks Armen steckten. Mir fiel ein, daß ich den Arzt hätte fragen müssen, was sie ihm geben, wenn sie doch noch gar nicht wußten, was ihm fehlte.

War es gut, daß wir im Krankenhaus waren? Würde Franks Krankheit durch die Umgebung eines Krankenhauses und den damit verbundenen Möglichkeiten einer medizinischen Versorgung eine unabsehbare Eigendynamik entwickeln? Wäre es doch besser gewesen im Hotel zu bleiben, wo Frank gar keine andere Möglichkeit gehabt hätte, als gesund zu werden?

Ich war mir sicher, der Arzt hatte mir nur die halbe Wahrheit gesagt. Sicher wußte er schon, was Frank fehlte, wollte aber die Tests abwarten, um mich nicht unnötig zu beunruhigen.

Mir gefiel es nicht mehr im Krankenhaus zu sein. Es hatte nichts Beruhigendes, im Gegenteil. Es war auch seltsam, daß Frank so fest schlief. Ich drückte seine Hand, gab ihm einen Kuß auf die Stirn, aber er zeigte nicht die geringste Regung. Er schlief wie tot. Was da in ihn hineinlief, war bestimmt nicht nur Glucose und Kochsalzlösung, aber wenigstens hatte er das bekommen, was ihm am liebsten war. Vielleicht war er aber auch schon auf dem Weg der Besserung und schlief einen heilsamen tiefen Schlaf, von dem er am nächsten Morgen gesund erwachen würde.

Um mich abzulenken ging ich hinunter zu Starbucks, einen Kaffee trinken. Außer dem Starbucks gab es noch einen McDonald's, ein KFC, zwei japanische Restaurants und ein chinesisches. Verhungern mußte ich nicht.

Es war auffallend, daß in dem ganzen Krankenhaus keine Kranken zu sehen waren. Außer einer sehr alten Frau, die im Rollstuhl geschoben wurde. Erst bei Starbucks sah ich die relativ jungen Männer auf Krücken oder in Rollstühlen mit eingegipsten und verbundenen Beinen, Händen und Köpfen. Ich hatte gehört, daß diese Klinik berühmt war für ihre Unfallchirurgie, da es hier so viele Motorradunfälle gab wie nirgends sonst auf der Welt. Da saßen also die Motorradunfälle bei einem latte macchiato decaf. Ich bestellte mir auch einen und setzte mich an einen kleinen Tisch am Eingang, wo ich den besten Überblick hatte.

Die Motorradunfälle waren guter Dinge und schienen ihren Aufenthalt zu genießen. Sie ähnelten sich alle, braungebrannt, mit kurzen blonden Haaren, Shorts und oversized T-Shirts.

Nur einer war dunkel und blaß und machte ein weniger fröhliches Gesicht. Er stand auf Krücken und wartete, bis der Blonde im Rollstuhl vor ihm seine umfangreiche Bestellung aufgegeben hatte, die er dann auf einem Tablett, das er auf seinen Knien balancierte, zu einem Tisch rollte, wo drei blonde Mädchen – offensichtlich waren sie zu Besuch – auf ihn warteten. Es sah aus, als würde er das nicht das erste Mal machen. Er genoß es offensichtlich sich von den Mädchen bewundern (weil er den Kaffee so geschickt brachte) und bemitleiden zu lassen (weil er im Rollstuhl saß).

Der blasse dunkle Mann hatte Schwierigkeiten mit seinem Kaffeebecher zu einem Sitzplatz zu gelangen. In der einen Hand hielt er beide Krücken, wobei er aber eine davon als Stütze benutzen mußte, in der anderen Hand hielt er den Kaffeebecher. Er mußte mehr hüpfen als humpeln, um sich so fortzubewegen, was zur Folge hatte, daß ihm der heiße Kaffee, der aus dem Becher schwappte, die Hand verbrühte. Ich konnte das an seinem schmerzverzogenen Gesicht erkennen. Es war kein Tisch frei, deshalb blieb er ratlos im Raum stehen, ein Bein nach vorne gestreckt.

Ich stand auf und fragte ihn, ob ich ihm helfen könne, an meinem Tisch sei noch ein Platz frei. Er nickte dankbar, als hätte er darauf gewartet, und gab mir den Kaffeebecher in die Hand. Dann nahm er beide Krücken unter die Arme und humpelte hinter mir her an den Tisch. Er trug eine lange Hose und Schuhe, so daß seine Verletzung nicht zu erkennen war. Aber er konnte offensichtlich sein linkes Bein nicht beugen, denn als er sich auf den freien Stuhl mir gegenüber setzen wollte, mußten wir die Plätze wechseln, damit er mit ausgestrecktem Bein sitzen konnte. Als er schließlich saß und seine Krücken verstaut hatte, reichte ich ihm seinen Kaffee und setzte mich.

»Kniescheibe zertrümmert« sagte er, ohne meine Frage abzuwarten.

»Motorradunfall?« Er nickte. Wir lachten. Er hatte schon eine Operation hinter sich und noch eine vor sich. Er mußte voraussichtlich noch mindestens zehn Tage im Hospital bleiben. Er hieß Henry und war ein Franzose, sprach aber akzentfreies Deutsch. Seine Mutter war Deutsche. Er war sehr angenehm, er jammerte nicht und sprach auch nicht weiter über sein Bein, nachdem er das Nötigste gesagt hatte. Ich erzählte ihm von Frank und er beruhigte mich. Er sagte, er hätte in der Zeit, in der er hier sei, schon einige todkranke, halbtote Touristen reinkommen sehen und nach drei Tagen wieder fröhlich und gesund herausspazieren. So werde es auch mit Frank sein. Nicht länger als fünf Tage würden wir hier verbringen müssen, darauf könnte er wetten. Ich wollte ihm das gerne glauben.

Wir verabredeten uns zum Abendessen in einem der beiden japanischen Restaurants. Vielleicht ging es Frank sogar inzwischen so weit besser, daß wir zusammen dort essen konnten. Ich verabschiedete mich von Henry, um wieder nach Frank zu sehen, und begleitete ihn noch bis zu seinem Zimmer. Es war auf demselben Flur, nur am anderen Ende. Henry bedankte sich bei mir für die Unterhaltung. Er sagte, das sei die unterhaltsamste Stunde gewesen, die er bisher hier verbracht hätte, und er freue sich darauf, mit mir zu Abend zu essen. Er wünschte Frank gute Besserung und küßte mich zum Abschied nach Franzosenart auf die Wangen. Mir fiel auf, daß er nicht wie Frank nach Desinfektionsmittel und Krankenhaus roch.

Die unterhaltsamste Stunde bisher, dachte ich auf dem Weg zu unserem Zimmer, das war kein Kompliment, dachte man an den Ablauf eines Krankenhaustages. Blonde Mädchen, die ihn besuchen kamen, schien er demnach nicht zu kennen.

Ich zögerte einen Moment, bevor ich das Zimmer betrat. Ich hatte nach wie vor die Hoffnung, daß Frank gutgelaunt und erholt im Bett sitzen würde und mich ungeduldig erwarten. Gleichzeitig zweifelte ich stark daran. Deshalb zögerte ich. Ich dachte für einen Moment, vielleicht sollte ich zurückfahren zu den anderen und Frank in Ruhe und fern von meinen Sorgen um ihn im Krankenhaus genesen lassen und ihn täglich besuchen. Das wäre eine Motivation für ihn gesund zu werden, um wieder bei mir zu sein.

Als ich das Zimmer betrat, wußte ich, daß ich ihn unmöglich allein lassen konnte. Frank war inzwischen aufgewacht und wimmerte leise. Er hatte die Augen geschlossen, wälzte sich aber unruhig in seinem Bett hin und her. Ich setzte mich zu ihm und legte ihm die Hand auf die Stirn. Er öffnete die Augen und sah mich an. Sein Blick ging durch mich durch, seine Augen waren glasig. Ich drückte seine Hände und küßte seinen Mund. Er war von Schweiß durchnäßt, seine Lippen waren rauh und trocken, aus seinem Mund kam ein fauliger Geruch.

Der Arzt sagte, man hätte nichts gefunden, alle Testergebnisse waren negativ, auch das Blutbild sei nicht auffällig. Obwohl man nichts wußte, schloß das gleichzeitig alle gefährlichen Krankheiten, die man kannte, aus. Man müsse abwarten, sagte der Arzt, etwas anderes könnten sie nicht tun. Aber Frank wäre hier gut aufgehoben, ich sollte mir keine Sorgen machen.

Franks Schmerzen waren stärker geworden. In der Nacht wachte ich von seinen Schreien auf. Er brüllte vor Schmerz. Ich rief die Nachtschwester und sah, daß Frank sich einen der Infusionsschläuche aus dem Arm gerissen hatte. Er blutete und die gelbe Flüssigkeit tropfte ins Bett. Die Schwester war sanft und geduldig. Sie gab ihm eine Spritze. Ich bemerkte, daß Frank ihr bereitwillig in Erwartung der Spritze seinen Hintern zuwandte. Dann zog sie ihn aus, wusch ihn, zog ihm ein frisches Hemd an und wechselte geschickt die Bettwäsche, ohne daß er das Bett verlassen mußte, indem sie ihn von einer Seite zur anderen rollte. Frank schien das zu genießen und ließ bereitwillig alles mit sich machen. Zuletzt befestigte sie den Schlauch wieder an seinem Arm.

Danach konnte ich nicht mehr einschlafen. Ich lauschte Franks schwerem Atem, manchmal stöhnte er. Die Vögel zwitscherten, es begann bereits zu dämmern.

Henry besuchte mich am Morgen. Er erschrak, als er Frank sah, ließ es sich aber nicht anmerken.

»Hast du schon gefrühstückt?« fragte er mich. »Du mußt mal raus hier, ich lade dich zu einem Kaffee ein.« Ich nahm die Einladung an. Frank bemerkte sowieso nicht, ob ich hier war oder nicht, und die Schwestern konnten sich besser um ihn kümmern als ich.

Das Starbucks war leer am frühen Morgen. Henry versuchte mich aufzuheitern, was ihm auch am Abend zuvor schon sehr gut gelungen war. »Komm, wir gehen in den Garten« sagte er. Es war noch früh und nicht zu heiß. Ich versuchte ihn vergeblich zu überreden, sich in einen Rollstuhl zu setzen, damit ich ihn herumschieben konnte. Er sagte, er sei doch nicht wahnsinnig und liefere sich einer Frau aus. Er hatte eigenartige Vorstellungen von Männern und Frauen, das war mir schon beim Essen aufgefallen.

Ich fragte ihn, warum er es vorziehen würde erbärmlich neben mir auf Krücken herzuhumpeln, anstatt sich in einen Stuhl zu setzen und es mir zu überlassen, mich damit abzumühen. »Eben deshalb« sagte er. Ich erinnerte ihn an den blonden Motorradunfall im Rollstuhl, der seinen Mädchen so geschickt den Kaffee servieren konnte, mit dem Tablett auf seinem Schoß, während ich Henry zu Hilfe kommen mußte, weil er sich sonst mit seinem Kaffee ernsthaft die Hände verbrüht hätte. Er grinste mich an und sagte »eben deshalb.« Er humpelte neben mir zu der Bank, die unter einem großen Bougainvilleastrauch stand.

Henry lenkte mich von Frank ab. Wenn ich mit Henry sprach, war Franks Krankheit weit weg und jedesmal, wenn ich zurück in Franks Zimmer kam, hoffte ich die Tür zu öffnen und ihn gesund vorzufinden.

Aber es wurde immer schlimmer. Der Arzt wich mir aus, er sagte, sie würden tun, was in ihrer Macht stünde. Sie unternahmen neue Tests – ohne Ergebnisse. Frank schwand dahin. Den Tropf hatte man ihm abgenommen. Er dämmerte den ganzen Tag im Bett herum, hatte kaum eine klare Minute. Er aß zwar, wurde aber trotzdem immer dünner. Er bekam jeden Tag drei Spritzen, die er bereitwillig entgegennahm. Ich nahm an, das war ein Schmerzmittel, das ihn ruhig hielt und in diesen Dämmer versetzte. Ich sah ein, daß es für Frank keinen Grund gab gesund zu werden, solange er täglich seine drei Spritzen bekam und ich bei ihm war, auch wenn er mich kaum wahrnahm. Ich mußte das Krankenhaus mit ihm verlassen.

Frank ging es hier zu gut, auch wenn es nicht so aussah. Wir waren seit sechs Tagen in dieser Klinik, und Frank war weit davon entfernt gesund herauszuspazieren. Er hatte sich ganz seinem Zustand hingegeben und schien glücklich damit. Henry vermied es, in unser Zimmer zu kommen, wir verabredeten uns immer in dem Bereich, wo das Krankenhaus mehr einem Hotel glich. Ich überlegte, Susanne und Carsten zu holen, aber ich war zu verärgert darüber, daß sie nicht selbst auf den Gedanken kamen uns zu suchen. Das war das einzige Krankenhaus weit und breit und nicht zu verfehlen. Wir waren seit sechs Tagen verschwunden und keiner kam auf die Idee nach uns zu sehen. Von dieser Seite war keine Hilfe zu erwarten. Henry wollte ich damit nicht belasten.

Frank rief die Schwester jetzt auch regelmäßig in der Nacht, um eine zusätzliche Spritze zu bekommen, ohne die er nicht weiterschlafen konnte. Ich wachte immer davon auf, beobachtete, wie Frank seine Spritze in Empfang nahm und die Schwester ihm liebevoll über den Kopf strich und ein frisches Glas Wasser neben sein Bett stellte.

In der siebten Nacht lag ich wach, die Schwester war gerade gegangen, Frank rollte sich unter seiner Decke ein. Ich stand auf und legte mich zu ihm ins Bett. Ich legte mich an seinen Rücken, umarmte ihn von hinten und hielt seine Hände. Er schlief fest und rührte sich nicht. Mein Kopf lag in seinem Nacken, ich atmete den fremden Geruch ein. Frank roch nicht mehr wie Frank, er fühlte sich auch nicht mehr so an. Er hatte seinen Körper schon lange der Krankheit überlassen. Ich beschloß Frank hinauszubringen, um ihn nicht zu verlieren.

Am nächsten Morgen traf ich mich wie immer mit Henry zum Frühstück bei Starbucks. Ich fragte ihn nach dem chinesischen Arzt, von dem er mir erzählt hatte. Inzwischen war ich mir sicher, ich mußte ihn auf jeden Fall aus dem Krankenhaus bringen, denn hier würde er sterben, weil es ihm leichtgemacht wurde. Frank hatte gar keine Wahl.

Ich setzte mich zu Frank ans Bett. Er hatte seine Augen wie immer geschlossen. Ich nahm seine Hände und drückte sie, er gab mir einen schwachen Druck zurück. Ich beugte mich über ihn und legte meinen Mund an sein Ohr.

»Wir müssen hier weg. Du wirst hier nicht gesund, ich bringe dich woanders hin. Setz dich auf, damit ich dich anziehen kann.«

Frank schlug die Augen auf und sah mich an. Er versuchte sich aufzusetzen, ich half ihm dabei. Er sprach nicht mit mir, aber er nickte auf meine Fragen und half mir, soweit es ging, ihm das Krankenhaushemd auszuziehen und das Hemd, das er bei seiner Ankunft getragen hatte, anzuziehen. Seit sechs Tagen hatte ihn keiner rasiert, es war selbst mir nicht nötig erschienen, ihn in seinem Zustand zu rasieren. Ich erkannte ihn kaum wieder, denn Frank verabscheute Bärte und rasierte sich manchmal sogar zweimal täglich. Er würde sich hassen, wenn er sich sehen würde und er würde es mir nie verzeihen, wenn ich ihn so herumlaufen ließe (obwohl von laufen kaum die Rede war). Deshalb ging ich ins Bad, um sein Rasierzeug zu holen, aber da war nichts. Ich hatte in der Eile nur meine Sachen zusammengepackt, weil ich dachte, Frank sei versorgt im Krankenhaus, der brauche nichts, außer einer Zahnbürste. Ich wußte nicht einmal, ob Frank in dieser Zeit die Zähne geputzt hatte, denn ich verließ das Zimmer jeden Morgen, bevor die Schwestern kamen, und auch abends vermied ich es im Zimmer zu sein, wenn Frank gewaschen wurde.

Frank saß mit seinem Hemd und nacktem Unterkörper im Bett und wartete auf mich. Ich wollte ihn auf keinen Fall unrasiert mit hinausnehmen, ich dachte, seine Genesung, ALLES hinge davon ab, ob Frank rasiert sei oder nicht. Eine Rasur wäre der erste entscheidende Schritt zurück ins Leben. Wahrscheinlich erkannte sich Frank schon selbst nicht mehr in diesem Zustand. Er hatte sich selbst verloren und erkannte sich nicht wieder in diesem bärtigen Gesicht mit rückenfreiem Anstaltshemd, das in eine Bettpfanne schiß. Frank mußte wieder zum Mensch werden, dann würde er gesund. Was er nicht mehr tun konnte, mußte ich für ihn tun. Er brauchte meine Kraft, um gesund zu werden, weil er es alleine nicht schaffte. Er hatte sich schon aufgegeben und ich würde ihn wieder ins Leben zurückholen. Angefangen mit einer Rasur.

Ich suchte Henry, um ihn zu bitten, mir sein Rasierzeug zu leihen. Er war nicht in seinem Zimmer. Ich wollte keine Zeit damit verlieren ihn zu suchen. Ich zögerte einen Moment, dann ging ich ins Bad. Erst als ich die Einwegrasierer sah, fiel mir auf, daß auch ich meine Beine seit Tagen nicht mehr rasiert hatte. Das war nicht wichtig, es erstaunte mich nur, daß ich das vergessen konnte, und bestätigte mich darin, das Krankenhaus auf dem schnellsten Weg zu verlassen. Ich nahm mir einen Rasierer und wunderte mich, wo Henry um diese Zeit war. Auf dem Flur stand ein Rollstuhl, den nahm ich gleich mit.

Frank saß immer noch so im Bett, wie ich ihn verlassen hatte. Er lächelte mich an und sagte »da bist du ja«. Es ging voran. Ich seifte sein Gesicht ein, fand aber keine Schüssel, deshalb mußte ich jedesmal ins Bad laufen, um den Rasierer im Waschbecken auszuwaschen. Frank genoß es sichtlich rasiert zu werden. Das Ergebnis war nicht einwandfrei, aber akzeptabel. Unter dem Kinn waren noch einige lange Haare, aber immerhin sah Frank wieder aus wie ein Mensch. Ich hielt ihm einen Spiegel vors Gesicht und fragte ihn »erkennst du dich wieder?« Er nickte. Dann zog ich ihm Hose und Schuhe an, seine Unterhose war nicht zu finden. Er saß nun seitlich auf dem Bett, ungestützt, die Beine baumelten herunter. Ich kämmte ihm die fettigen Haare aus der Stirn, rollte den Rollstuhl heran, setzte mich neben ihn, legte seinen Arm um meine Schulter und hievte ihn auf den Sitz. Ich klappte die Fußteile zur Mitte und stellte seine Füße darauf. Frank sah sehr erschöpft aus. Sein Kopf hing ein wenig zur Seite, als sei er zu schwer für seinen Hals.

»Kann's losgehen?« fragte ich ihn. Er lächelte mich wieder an und streckte seine Hand nach mir aus, die ich mit beiden Händen griff, küßte und an meine Brust legte. Er griff nach meinen Brüsten unter der dünnen Bluse. Das erregte mich. Ich packte unsere Sachen zusammen, stellte ihm die Tasche auf den Schoß und schob ihn den Gang hinunter zum Lift. Wir fuhren ins Erdgeschoß und ich drehte mit Frank noch eine kleine Runde, vorbei an Starbucks und durch den Garten, in der Hoffnung Henry zu treffen. Ich wollte mich bei ihm verabschieden. Ich würde ihn gerne wiedersehen, irgendwann.

Frank und ich saßen eine Weile unter dem Bougainvilleastrauch, er in seinem Stuhl, ich auf der Bank. Wir hielten uns an der Hand und ich dachte, warum hatte ich das nicht längst gemacht, um ihm zu zeigen, daß es noch eine Welt gab. Dann rollte ich ihn auf den Parkplatz, ohne daß es jemandem aufgefallen wäre. Dort stand immer noch der Leihwagen.

Im Auto bedauerte ich, daß wir keine Musik hatten. In dem Wagen gab es keinen Cassettenrecorder, aber ich hatte in der Eile des Aufbruchs sowieso keine Cassetten mitgenommen. Die lagen alle in unserem Hotelzimmer.

Frank liebte Musik. Für Musik hatte er fast die gleiche Leidenschaft wie für das Spielen. Er haßte es zu reisen, weil er dann seine Platten nicht mitnehmen konnte, wochenlang schlechter Musik ausgesetzt war und in ständiger Sorge, daß seinen Platten zu Hause etwas passieren könnte. Er war jedesmal nervös, wenn er zurückkam und die Tür aufschloß, rannte sofort zu seinem Plattenregal und überprüfte, ob noch alles da war. Jedesmal hatte er die Befürchtung, die Wohnung sei ausgebrannt oder Einbrecher hätten seine Platten gestohlen.

Frank verbrachte vor jeder Reise Tage damit Cassetten aufzunehmen. Für jede Gelegenheit. Für heiße, trockene Wüstenfahrten, für Regentage, für melancholische Stunden, für große Momente, für das kleine Glück.

Ich hätte die Cassette für die großen Momente eingelegt und ich bin mir sicher, Frank hätte bei dieser Wahl mit mir übereingestimmt. Obwohl wir uns sonst bei dieser Frage immer lange und ausgiebig stritten. Das war fast ein Ritual, das immer damit endete, daß Frank sich durchsetzte. Immerhin hatte er die Cassetten zusammengestellt und sich bei jedem

Lied etwas gedacht und konnte deshalb besser als ich entscheiden, welche Cassette für welchen Moment angemessen war.

Jetzt hätte ich entscheiden können, weil Frank zu schwach war, sich mit mir zu streiten. Ich hätte sogar die Cassette für heiße, trockene Wüstenfahrten einlegen können, ohne daß er Einspruch erheben konnte. Wobei diese Cassette sogar ganz gut gepaßt hätte, und da wäre Frank vielleicht sogar mit mir einer Meinung gewesen. Das hätte ich gerne gewußt. Ich hätte auf jeden Fall gerne Al Green gehört in diesem Moment, und der war sowohl auf der Cassette für große Momente wie auch auf der für heiße, trockene Wüstenfahrten.

Ich überlegte kurz, im Hotel vorbeizufahren, um die Cassetten und den Recorder zu holen, den anderen Bescheid zu sagen, vielleicht sogar dort zu bleiben, in der vertrauten Umgebung mit den Freunden. Ich sehnte mich danach, aber gleichzeitig wußte ich, daß es keinen Weg dorthin zurück gab und daß ich unseren Weg weitergehen mußte.

Ich hätte auch Frank fragen können, aber in dieser Angelegenheit war er nicht in der Lage die richtige Entscheidung zu treffen und ich wollte mich von ihm nicht ablenken lassen, weil ich WUSSTE was zu tun war. An der Abzweigung zu unserem Hotel fuhr ich vorbei.

Hier auf der Straße zu sein, im Auto zu sitzen mit Frank neben mir, gab dem Leben wieder Farbe. Es war ein vertrauter Moment, auch wenn Frank wieder schlief, seinen Kopf an das Fenster gelehnt, wo er leicht hin und her schlug. Nichts an ihm sah krank aus. Er hatte keine Schmerzen, kein Fieber, er fühlte sich wohl, er war nur schwach. Alles, was Frank brauchte, war Ruhe und gutes Essen.

Ich hielt an einem Straßenstand und kaufte Wasser und Früchte: Bananen, Rambutan und Mangosteen, die Frank so sehr liebte.

Ich fuhr nicht auf direktem Weg zu dem Arzt, sondern bog in einen kleinen Weg, der zum Meer hinführte. Ein einsames Stück Strand, gesäumt von Kasuarinen. Ich parkte das Auto im Schatten und öffnete die Türen. Ein leichter Wind wehte, das Meer glitzerte vor uns. Hier wollte ich mit Frank im lauen Wind im Schatten der Bäume lagern, seinen Kopf in meinem Schoß, und ihn mit Früchten füttern und auf das Meer hinaussehen. Noch nie waren mir die Farben so frisch erschienen, der Wind so lau, das Land so friedlich.

Hier wollte ich mit Frank bleiben, bis er sich erholt hatte. Hier konnte er gar nicht anders als sich erholen und gesund werden.

Einige Meter den Strand hinunter stand eine alte Frau und verlieh Strohmatten, Liegestühle und Schwimmringe aus Autoschläuchen. Ich lieh mir eine Strohmatte aus und breitete sie unter einem großen Baum aus.

Ich ging zum Auto um Frank zu wecken. Er war bereits wach und saß mit starrem Blick steif im Sitz.

»Ist das schön hier?« fragte ich ihn.

»Ja, schön hier« sagte er. Ich reichte ihm meine Hand und er zog sich daran hoch. Er legte seinen Arm um meine Schulter und ich schleppte ihn zur Matte.

»Warte einen Moment« sagte ich, als ich ihn hingesetzt hatte, und lief zurück zum Auto, um die Früchte und das Wasser zu holen.

Ich lehnte mich an den Baumstamm und legte Frank so, daß sein Kopf in meinem Schoß lag. Er war erstaunlich schwer und ich saß nicht so bequem, wie ich mir das vorgestellt hatte, außerdem flaute der Wind ab und es wurde heiß.

Frank wollte nichts essen, nicht einmal eine Mangosteen, die ich für ihn öffnete, wie es mir eine Frau auf dem Markt gezeigt hatte, indem ich die harte Schale in der Hand zerdrückte. Diese sprang auf und legte die kleinen weißen Fruchtsegmente frei; so verhinderte man, sich mit der roten Schale die Hände zu verfärben. Frank trank nur einen kleinen Schluck Wasser, wofür er sich mühsam aufsetzte.

»Ist dir heiß?« fragte ich ihn und fächelte ihm mit einer Tüte Luft zu. Mir lief der Schweiß zwischen den Brüsten herunter. Frank nickte in meinem Schoß.

»Soll ich dir das Hemd ausziehen?« Ich wartete keine Antwort ab, sondern begann ihm das Hemd aufzuknöpfen und über der Brust zu öffnen. Anschließend zog ich auch meine Bluse aus und saß nur im BH da. Ich streichelte Franks Brust, seine Haare, seine Stirn. Er hatte die Augen geschlossen, ich wußte nicht, ob er schlief oder genoß.

Der Wind wurde kräftiger. Das Wasser begann stärker zu glitzern, die Sonne senkte sich. Es war bereits später Nachmittag.

Frank schien unser Ausflug gut zu tun, ich war mir sicher, er würde sich hier erholen. Es war so friedlich. Ich rutschte ein wenig zur Seite um mich hinzulegen, Franks Kopf auf meinem Oberschenkel. Ich hatte kein Kopfkissen und legte meinen Kopf auf den Arm.

Als ich aufwachte, war die Sonne gerade untergegangen. Es war noch hell, die Wolkenfetzen glutrot, der Himmel an manchen Stellen tiefblau. Frank war nur schwer wach zu bekommen. Ich war jetzt in Eile und wollte den Arzt noch vor Einbruch der Dunkelheit, die sich schnell näherte, gefunden haben.

Ich rüttelte und schüttelte Frank, brüllte ihm ins Ohr, bis er sich endlich rührte, und schleppte ihn zurück ins Auto, wo sein Kopf sofort wieder gegen das Fenster fiel, nachdem ich ihn auf seinem Sitz festgeschnallt hatte. Ich fuhr sehr schnell, bis ich zur Abzweigung kam, die ins Landesinnere zu dem Dorf führte, das Henry mir beschrieben hatte.

Der Weg war weiter, als ich gedacht hatte, die Straße wurde immer schlechter, sie war auf den ersten Kilometern geteert, dann gab es nur noch einen Lehmweg mit großen Furchen, die der Regen hineingerissen hatte. Frank wachte auf, weil sein Kopf gegen das Fenster schlug.

Die Straße stieg steil an. Ich befürchtete umdrehen zu müssen und bezweifelte, mich auf dem richtigen Weg zu befinden, da erreichten wir das Dorf. Bei völliger Finsternis. Diese Ansammlung von sechs oder acht Häusern ein Dorf zu nennen war übertrieben. Hier würde kein Mensch Englisch sprechen, fiel mir plötzlich ein, warum hatte ich nicht daran gedacht. Es war sinnlos zu einem Arzt zu gehen, mit dem man sich nicht verständigen konnte. Wie sollte ich in der Dunkelheit auf der schlechten Straße wieder zurückkommen? Wo sollten wir übernachten? Ich hielt neben einem kleinen Laden und war zu mutlos, um aus dem Auto zu steigen.

Ein älterer Mann kam auf uns zu und klopfte an die Scheibe. Ich öffnete die Tür. Es kam mir so unsinnig vor mit einem todkranken Frank diesen Schotterweg in völliger Finsternis heraufgefahren zu sein.

Der Mann wunderte sich nicht. Er fragte mich zu meiner großen Erleichterung auf Englisch, ob er mir behilflich sein könnte. Ich fragte ihn nach dem Arzt und der Mann sagte, der sei auf das Festland gefahren und käme voraussichtlich morgen zurück.

Er schien unsere verzweifelte Lage zu erkennen, als ich auf seine Antwort hin nur den Kopf auf das Lenkrad legte, und fragte, ob wir eine Übernachtungsmöglichkeit brauchten.

Der Mann war um die Fünfzig, mit grauem, sorgfältig gescheiteltem Haar und einem einfachen, aber sehr ordentlichen Anzug, wie ihn die Männer auf dem Land trugen, aus dunkelblauer Baumwolle, akkurat gebügelt.

Ich stieg aus und dankte ihm auf die landesübliche Art und Weise mit zusammengelegten Händen vor der Brust und einer kleinen Verbeugung. Wir könnten das Haus seines Sohnes bewohnen, der wohnte in der Stadt und käme nur selten zu Besuch. Sein Englisch hatte einen schweren Akzent, war aber außergewöhnlich gut. Er deutete mir, ihm zu folgen. Ich zeigte mit einem fragenden Blick auf das Auto mit Frank. Der Mann sagte mir, ich sollte unbesorgt sein, das Haus sei nicht weit, wir wären gleich wieder zurück.

Er ging die Straße entlang, einen Lehmweg, der die Hauptstraße bildete. Familien saßen bei Neonlicht in einfachen Holzhäusern auf dem Boden, aßen und redeten. In fast jedem Haus lief ein Fernseher.

Der Mann bog nach links ab, in einen kleinen Weg. Wir liefen bei völliger Finsternis durch den dichten Dschungel. Der Weg stieg an, es lichtete sich, der Himmel war wieder zu sehen, sternenklar und vor uns stand, gesäumt von Kokospalmen, ein kleines Holzhaus. Wir kletterten eine schmale Treppe hinauf auf eine kleine Veranda. Er fand den Lichtschalter und eine einzelne Glühbirne beleuchtete das Vorhängeschloß, das er öffnete. Er faltete die Holztüren auf. Innen befand sich nur ein Raum, der durch Holzwände unterteilt war, die einen Kochbereich abtrennten. Es gab kein Bett, nur Matten auf dem Boden, darüber hing ein großes Moskitonetz. Der Mann zog seine Schuhe aus, ging durch den Raum und öffnete die Fenster. Einfache Holzläden, die er nach außen klappte. Es roch muffig, das Haus schien lange nicht mehr bewohnt, aber es war sauber und trotz seiner Einfachheit wohnlich.

Als wir auf die Veranda traten, um wieder zurückzugehen, war der Mond aufgegangen. Riesig gelb und hell hing er über dem Tal und erst jetzt sah ich den wunderbaren Blick, den man von hier aus hatte. Der Dschungel zog sich in sanften Hügeln bis an das Meer hinunter, das schwarz glitzernd im Mondlicht lag. Es war überwältigend. Dazu die Tierstimmen – Grillen, Vögel, Frösche – das Rauschen der Bäume. Ein kühler Wind war aufgekommen und zog durch das Haus.

Hier wollte ich bleiben, sagte ich dem Mann. Der lachte, nickte mit dem Kopf und stieg die Leiter hinunter. Ich folgte ihm zurück zum Auto.

Falls ich irgend etwas bräuchte, sagte er, sollte ich ihn das wissen lassen, er wohne hier, und deutete auf das Haus, vor dem ich geparkt hatte. Ich kaufte Wasser und Bananen und dankte ihm noch einmal. Er verschloß den Laden hinter mir.

Frank schlief immer noch. Ich rüttelte ihn leicht, er stöhnte und öffnete die Augen.

»Wir sind da, ich hab ein Haus für uns, wir können hier schlafen, komm.« Er rührte sich nicht, ich öffnete seine Tür und kroch nach hinten, um unsere Tasche zu packen, verstaute das Wasser und die Bananen darin. Ich schloß meine Tür ab und bemerkte, daß Frank ohne meine Hilfe ausgestiegen war und am Auto lehnte. Er hatte den Kopf in den Nacken gelegt und atmete tief durch die Nase. »Wie gut es hier riecht« sagte er. Ich trat neben ihn und küßte ihn. Dann legte ich seinen Arm um meine Schulter, um die andere Schulter hängte ich die Tasche und wir begannen langsam den Aufstieg zu unserem Haus. Franks Gewicht lag kaum auf mir, er ging fast aus eigener Kraft, wenn auch sehr langsam. Immer wieder mußten wir stehenbleiben.

Frank kroch vor mir die Leiter nach oben, ich hielt und schob ihn von hinten. Er rollte sich auf die Veranda und blieb auf dem Rücken liegen. Ich legte mich neben ihn. Wir sahen in den Sternenhimmel und lauschten der Nacht.

»Ist das nicht wunderschön?« fragte ich.

»Wunderschön« sagte Frank. Er suchte meine Hand und drückte sie. Er war plötzlich wach und da. Frank würde hier gesund werden, ich wußte es.

So lagen wir eine ganze Weile. Bis Frank sich mühsam aufsetzte und sagte »ich möchte jetzt gerne schlafen«. Er sprach seltsam, überartikuliert, als hätte er gerade das Sprechen gelernt. Er stand auf und ging schwankend ins Haus. Ich hörte ein Rumpeln, das Haus zitterte auf seinen Stelen.

»Frank?« rief ich. Ich folgte, um nach ihm zu sehen. Er lag auf der Matte unter dem Moskitonetz. Er sagte »komm, leg dich zu mir«.

Ich holte die Tasche herein, ließ die Tür aber weit offen, damit wir von unserem Lager aus in die Nacht sehen konnten und der Wind durch das Haus zog. Es gab hier nicht einmal einen Ventilator, aber es war angenehm kühl.

In der Kochnische gab es einen Wasserhahn, das Wasser lief zwischen Holzlatten hindurch auf den Boden. Ich wusch mich und da ich kein Handtuch hatte, stellte ich mich nackt in die Nacht und ließ mich vom Wind trocknen. Der Blick auf die weiten Berge, das Meer im Mondlicht war überwältigend.

Es war, als seien wir die einzigen Menschen auf dieser Erde. Eine Welt, von einem Gott gemacht nur für uns. Anders konnte es nicht sein. Ich faltete die Hände um zu beten.

In der Küche gab es einfache Kochgeräte und ich fand eine Packung Kerzen und Streichhölzer. Ich zündete die Kerzen an und stellte sie rund um unser Lager. Ich kroch unter das Moskitonetz zu Frank und legte mich in seinen Arm mit dem Kopf auf seiner Brust. Ich hörte sein Herz klopfen, er strich mir über die Haare. »So ist es schon viel besser« sagte er.

Frank begann zu husten, ich mußte meinen Kopf von seiner Brust nehmen. Er sagte, seit Tagen bekomme er zu wenig Luft, es sei, als würde ihm einer ganz langsam nach und nach den Lufthahn abdrehen. Genauso würde er immer weniger spüren in seinen Gliedern, Armen und Beinen, ein Gefühl, als würde die Welt immer mehr von ihm wegrücken. Manchmal verschwämmen auch die Bilder vor seinen Augen und Töne stürzten in seinen Ohren zu einem Rauschen zusammen.

Frank hustete wie eine alte Frau. Ich zwickte ihn in den Arm. »Du spürst also nichts? Spürst du das?« und kniff ihm ins Bein. Frank zuckte zusammen und zog sein Bein weg, er hustete noch heftiger. »Und das?« Ich kniff ihm in die Seite, ich zog ihn an den Ohren. »Wie ist das, spürst du das?« Frank wand sich keuchend und hustend. »Und wie ist es damit« fragte ich, »kannst du da noch was spüren?« und griff ihm in die Hose. Frank hustete weiter und wurde hart in meiner Hand. Ich legte seine Hand zwischen meine Beine.

»Spürst du mich auch?« Ich rieb mich an seinen Fingern und steckte ihm die nasse Hand in sein hustendes Gesicht. »Kannst du mich riechen?« Ich steckte ihm seine Hand in den Mund, um den Husten zu stopfen, »kannst du mich schmecken?« Frank würgte, sein Gesicht war dunkelrot, die Augen traten hervor. Ich rieb mit der anderen Hand seinen Schwanz und setzte mich auf ihn. Ich nahm ihm die Hand aus dem Mund, legte meine Lippen an sein Ohr und flüsterte »schschschhhh«.

Frank wand sich in Krämpfen, aber ich setzte mich fester auf ihn und stützte mich mit beiden Armen auf seine Hände und hielt sie über seinem Kopf fest. Mein Gesicht hielt ich kurz vor sein keuchendes Gesicht. Er schwitzte und stank. Er war krank, ich machte ihn gesund. Ich wollte ihm das ganze Übel aus dem Leib ficken auf den harten Strohmatten in dieser Mondnacht. Ich hielt ihn tief in mir und rieb mich an ihm, dann stieß ich ihn fester und härter. Ich sah in seine Augen, er war glücklich. Er war zu schwach, um sich zu bewegen, aber das war nicht nötig. Ich sah, daß er kurz davor war zu kommen. Franks Blick weitete sich, ich lächelte ihm zu, zog ihn heraus und rieb mich mit der Hand. Als ich fast soweit war, ließ ich mich auf ihn fallen. Frank stöhnte, er starrte mich an. Ich sah, wie er kam, wir kamen gleichzeitig, er schrie auf, sein Blick verschwamm, seine Augen blickten durch mich hindurch und blieben hängen im Nichts.

Ich stieg von ihm herunter. Er bewegte sich nicht, er atmete nicht, sein Herz war still.

Frank hatte seinen Frieden gefunden. Mein Gebet war erhört worden. Ich fragte mich, ob sein Schwanz für immer steif blieb.